Lifou sous la pluie

ISBN des versions numériques : 979-10-219-0423-1
ISBN distribution Hachette : 979-10-219-0424-8
ISBN autres distributions : 979-10-219-0422-4

Dick Samuel Ukeiwë, Saipö Saipö, Waej Juni-Génin,
Isa Qala, Patrick Génin, Nicolas Kurtovitch

Lifou sous la pluie

Politimar

Dick Samuel Ukeiwë

Dans sa modeste cabane en tôle, Ben était assis sur son fauteuil marron accablé de trous. Il chassait nerveusement, au hasard, les moustiques qui se gavaient de son sang. À entendre les bruits qu'ils faisaient, il en devenait dingue.

Ben, âgé d'une trentaine d'années, était arrivé à l'âge de six ans dans le squat dit « La Pierre rouge ». Ses parents, venus des Îles Loyauté, avaient plié bagage pour trouver du travail dans la capitale. Il avait donc suivi la majeure partie de sa scolarité dans les établissements populaires du quartier qui jouxtaient le squat. Ben avait été un élève brillant et désireux de tout connaître. À dix-sept ans, il avait obtenu facilement son baccalauréat scientifique. Cela avait fait le plus grand bonheur de ses parents, car dans leur famille, Ben était le premier à aller aussi loin dans ses études. Les portes de l'université s'ouvraient à lui et le jeune bachelier pouvait enfin réaliser l'un de ses rêves : devenir professeur de mathématiques.

Mais la vie avait décidé que le rêve de Ben ne se réaliserait pas. Du jour au lendemain, son papa qui travaillait à la *Société le nickel* fut foudroyé par une grave maladie. Sa maman étant femme au foyer, Ben devait absolument travailler pour subvenir aux besoins de sa famille. Il avait, à cette époque, deux petites sœurs et trois petits frères, tous scolarisés au collège et au lycée.

Ainsi, son bac en poche, Ben avait rejoint une agence d'intérim pour se faire un peu d'argent. Huit mois plus tard, il fut embauché à la « Société Fraîcheur », qui fabriquait et redistribuait des boissons. Il n'était que manutentionnaire, mais son maigre salaire suffisait à nourrir sa famille et à acheter les fournitures scolaires pour ses cadets.

La vie dans le squat était très difficile. La cabane ne comportait que deux pièces. Une chambre pour les parents et une salle commune servant de salon-cuisine, le jour, et de chambre à coucher pour les enfants, la nuit. Contrairement à leur voisin, la famille de Ben avait la chance d'avoir de l'électricité grâce à un groupe électrogène.

Mais le soir, les enfants révisaient leurs leçons à la bougie, car le groupe électrogène était trop bruyant, et l'essence trop chère. La cabane était faite de vieilles tôles que le père de Ben avait obtenues grâce à son cousin Marc. Elle était bien pendant les beaux jours, mais quand le temps devenait pluvieux, c'était un véritable casse-tête pour la famille de Ben. L'eau de pluie faisait un tapage assourdissant sur les tôles. Et comme si cela ne suffisait pas, elle s'infiltrait à travers la plupart des tôles du toit, obligeant les occupants à s'entasser dans un coin sec. Le jour, les enfants adoraient la pluie, car ils pouvaient aller se baigner dehors et tremper leurs pieds dans la terre mouillée, mais la nuit, il leur était difficile de trouver le sommeil.

Le jeune homme se débrouillait comme il pouvait pour acheter des vêtements à ses frères. Heureusement, presque tous les week-ends, des vide-greniers se faisaient un peu partout dans la capitale et Ben, à l'affût de chaque brocante, dénichait de bonnes affaires.

Longtemps, Ben en voulut à ses parents d'avoir quitté leur tribu de Lifou, où ils avaient leur terre, leurs champs et leurs cochons. Là-bas, au moins, ils ne vivraient pas dans la galère qu'imposait la grande ville ! Mais, jamais, il n'avait formulé ses reproches de vive voix. Il avait trop de respect pour eux.

Ben se disait qu'il donnerait tout pour qu'un jour ses enfants puissent vivre différemment et qu'ils ne connaissent pas les galères de la vie urbaine. Souvent, des amis du squat lui disaient : « Si on était resté chez nous, on vivrait dans le calme et on aurait une vie meilleure. Ici, on galère pour se déplacer, pour avoir de la lumière, de l'eau, pour s'acheter de quoi manger. Tout est toujours payant. »

Longtemps, leur départ de Lifou était resté un sujet tabou. Son père ne racontait jamais sa vie antérieure sur l'île. Quant à sa mère, c'était un vrai mur. Elle disait seulement que le moment n'était pas venu d'en discuter. Ben pressentait que certaines blessures ne s'étaient pas encore cicatrisées.

Une nuit, l'un de ses oncles avait débarqué, ivre mort, suppliant son père de revenir à la tribu. Il affirmait que des malheurs s'abattaient sur sa famille depuis que le clan du père de Ben en avait été chassé. Ce dernier lui avait répondu qu'il ne remettrait plus jamais les pieds à la tribu, et qu'il n'avait plus de rancœurs à l'encontre de ceux qui les avaient expulsés. S'ils avaient des problèmes, ils n'avaient qu'à en chercher la cause dans leurs origines et leurs histoires. Lui, il n'avait plus rien à en cirer. Désormais, sa famille était son seul souci.

Ben avait aussi entendu des personnes dire que, là où avait été bâtie la maison de ses grands-parents, cette terre, jadis, appartenait à un autre clan. Elle avait été donnée par un vieux à son grand-père en geste de reconnaissance pour un service effectué. Mais, à la mort de ce dernier, les enfants du vieux avaient voulu récupérer leur terre. Ben essayait de comprendre cette manière de faire où une génération donnait puis, des années plus tard, une autre génération reprenait. C'était complexe de comprendre ce système de don qui lui semblait artificiel.

Toutes les histoires sur sa famille, à Lifou, il les avait entendues çà et là, mais jamais son père n'avait osé en parler avec lui. Il lui avait toujours dit que le combat était inutile, que la terre n'était que poussière et que tout homme retournerait à cet état. L'homme était en transit sur la terre, et il y avait des batailles bien plus importantes, comme vivre heureux avec sa famille. Tout cela laissait Ben pensif. En tant qu'aîné de la famille, il avait envie de savoir.

Mais en même temps, son père avait raison : retourner à la tribu impliquait beaucoup de difficultés et il ne se sentait pas la force de se battre pour des terres. Certes, Ben ressentait vraiment le besoin de rentrer chez lui. Mais était-ce vraiment chez lui ? Et que ferait-il, là-bas, si les gens le traitaient de tous les noms et surtout « d'étranger » ? Il valait mieux rester à Nouméa, finit-il par se dire.

Quoi qu'il en soit, il était persuadé que si ses parents avaient migré vers la capitale, c'était pour une bonne raison : permettre à leurs enfants de prendre un nouveau départ, et aussi d'aller dans de bonnes écoles. Surtout, leurs enfants pourraient s'épanouir en s'ouvrant aux autres, sans avoir cette mentalité cloisonnée où tout se limite à la vie tribale.

Sa mère, à présent malade, habitait chez une de ses filles qui s'était mariée. Quant à l'autre petite sœur, elle était en France où, avec deux de ses frères, elle poursuivait ses études. Le petit dernier avait trouvé du travail et avait quitté Ben récemment pour s'installer dans un studio en ville, avec sa petite amie.

Ben, à présent trentenaire, vivait désormais seul dans sa cabane en tôle. Il n'avait plus de rêve et subissait sa réalité par habitude. Il était en CDI dans son entreprise et c'était l'essentiel. Il se réconfortait en songeant à la stabilité et à la sécurité que cela lui procurait.

Ses frères et sœurs étant partis, les habitants du squat étaient désormais sa nouvelle famille. Et vice versa. Lorsqu'un jeune homme avait fait une bonne pêche dans la mangrove, il distribuait son butin avec ses voisins. Ceux qui avaient des potagers, des champs de maniocs ou des champs de taros dans les terrains qui entouraient les cabanes, partageaient leurs récoltes avec leurs voisins.

Qu'on soit du Nord, des îles, du Sud, du Vanuatu ou de Wallis et Futuna, on se disait frère, tonton et tantine. Le squat de la Pierre rouge était une tribu dans la ville. Les liens de famille ne s'y définissaient pas à travers le sang ou le clan, mais par le vivre ensemble. Tous les enfants jouaient entre eux à la sortie de l'école. Ils n'étaient pas solitaires dans leur salon, accrochés à une PlayStation ou une tablette, mais construisaient des cabanes dans les arbres et se prenaient pour des super héros, tels Tarzan, Robin des bois ou d'autres personnages de dessin animé.

Dans le squat, les parents savaient que leurs enfants pouvaient rappliquer à tout moment avec leur bande le midi, et que le lendemain, ils iraient tous manger chez le voisin. Les barrières ethniques n'existaient pas. Tout le monde se connaissait et tout le monde se respectait.

Bien sûr, c'était parfois compliqué : il y avait des disputes qui dégénéraient entre les familles. L'alcool en était toujours la seule cause. Il rendait les gens fous. Ça réclamait tout et n'importe quoi, ça voulait bagarrer, ça voulait prendre le fusil, ça voulait tuer quelqu'un. En gros, ça voulait faire du tapage pour se faire entendre. Ça se terminait bien souvent en prison. Mais il serait injuste de résumer la vie du squat à ces incidents. Des problèmes identiques touchaient les quartiers et les tribus. Le même scénario se déroulait partout.

Au squat de la Pierre rouge, les gens avaient leur train-train. La camionnette Peugeot 505 du vieux Séraphin embarquait tous les mercredis après-midi les mamans du voisinage pour aller faire les courses au supermarché. Chaque soir, aux alentours de seize heures, les papas se retrouvaient pour une petite partie de pétanque devant chez Sefo, le vieux Wallisien, en attendant l'heure pour lever un sel de kava[1] chez Jim, le Vanuatais. La vie dans le squat

____

1   Le kava (Piper methysticum) est une boisson relaxante à base de racines de poivrier sauvage, utilisée par les Polynésiens lors de rituels cérémonials. Elle est désormais très consommée en Nouvelle-Calédonie où des « nakamals » (bars à kava) la proposent à une large population.

était régie selon les mœurs de plusieurs coutumes océaniennes. Les habitants n'avaient pas besoin de regarder les élus parler de « destin commun » à la télévision, ils le vivaient déjà et l'appliquaient d'emblée, au jour le jour.

Ce soir-là, Ben écoutait les informations à la télévision. Il n'en perdait pas une miette et regardait attentivement la journaliste maquillée, aux cheveux défrisés, tout en maugréant des jurons et des injures à tout bout de champ.

« Coup de tonnerre au gouvernement, avec un nouveau rebondissement. Les élus de Kaldocrisie ensemble démissionnent de leur poste, ce qui bloque le fonctionnement du gouvernement et plonge à nouveau le pays dans l'instabilité politique… », disait la journaliste.

— Ils font chier ! disait Ben.

Il n'en pouvait plus d'écouter les mêmes discours et de voir les élus se renvoyer la balle comme si leur pays était une table de ping-pong. Les enfants qui jouaient aux billes étaient bien mieux : au moins ils savaient viser leurs objectifs.

Ben se leva et sortit pour emplir ses poumons de la fraîcheur du soir. Observant silencieusement l'étendue des cabanes qui s'offrait à lui, il entendit une voix sous le faux poivrier qui l'interpellait.

— Ben, que fais-tu ? Viens nous rejoindre !

C'était Laurent, un Wallisien. Dans le squat, il était plus connu sous le nom de « Lolo, le grand frère ». Cet homme généreux en avait aidé plus d'un, et tout le monde lui exprimait une profonde gratitude.

Aussitôt dit, aussitôt fait. Ben le rejoignit tout en chassant les misérables moustiques qui s'acharnaient sur sa peau. Il vit un groupe d'hommes et prit place auprès d'eux, sur un banc fabriqué à l'aide des palettes en bois qui servaient à la manutention des marchandises.

Georgy, un homme originaire des îles, était en train de parler :

— Vous avez entendu ? Il paraît que nous n'avons plus de gouvernement. Awa[2] ! On comprend plus rien, avec nos élus. On sait plus où est la droite, où est la gauche dans ce pays ! Y'a plus de priorités, on a l'impression de déboucher sur des routes sans issues. Punaise, mais il faut apprendre à ces pauvres cons le code la route ou quoi ?

Les hommes du squat se mirent à rire. Ils avaient l'habitude du langage cru de leur compagnon.

Jim le Vanuatais prit la parole à son tour.

— Il est clair que les démissions des élus plongent le pays dans une sacrée crise. Il y a eu, il y a quelques années, une entente entre un parti indépendantiste et un parti loyaliste qui a fait chuter le gouvernement et la majorité. Aujourd'hui, ils remettent ça sur le tapis en nous pénalisant. Sans

---

2   Awa ! : expression calédonienne pour exprimer la négation ou l'étonnement. Ici, il s'agit de la négation.

gouvernement, les dossiers en cours ne pourront jamais avancer. Ils semblent s'adonner aux « jeux d'échecs » et montent sur leurs grands chevaux en se fichant royalement de nous, pauvres incultes. Au journal télévisé, tout à l'heure, la journaliste parlait de « coup de tonnerre ». Je pense qu'à partir de demain, on va encore entendre les élus se rendre des comptes dans les médias et se tirer dessus à coup de blabla. Franchement, il n'y a pas que des cyclones qui ravagent ce pays !

Les hommes écoutaient Jim et partageaient son avis. Celui-ci continua sur sa lancée :

— J'ai l'impression que, dans ce pays, la politique n'est qu'un jeu multifonctionnel qui peut adopter toutes les règles qu'elle veut, tantôt un jeu de badminton ou de tennis où les politiciens peuvent se renvoyer la balle, tantôt un jeu d'échecs, quand il leur prend l'envie de démissionner, tantôt un jeu de l'oie quand ils sont condamnés à aller en prison, alors qu'ils n'y vont pas vraiment et font semblant.

— C'est ça, aussi ! C'est comme l'autre, là ! dit une voix.

Tous hochèrent la tête, il n'y avait pas besoin de citer des noms, ils savaient tous de qui il parlait. Jim reprit :

— Nos chers élus, ils sont comme nos enfants, ils adorent aussi jouer aux jeux de cartes sauf qu'ils ont leur propre règlement, ils aiment se jeter le plus souvent des piques, des trèfles pour avoir de la chance dans le nombre d'électeurs, et des carreaux pour bien aligner des phrases devant les caméras. En politique, ils ne doivent pas avoir de cœurs, car ce n'est pas recommandé, sauf si c'est un atout.

— Ça, c'est vrai ! Ils prétendent avoir du cœur en se préoccupant du peuple et de nous les squatteurs, alors qu'en réalité, on est juste des voix dans leur urne, rien de plus, dit Ben.

— Mais qu'est-ce qui se passe dans leurs têtes ? Ils sont inspirés par quoi, au juste, quand ils décident de nous plonger dans ce bordel ? demanda le vieux Séraphin.

— Je crois qu'ils regardent trop l'émission *Les Zamours*. Nos divers partis font semblant de s'aimer et de se mettre en ménage, mais une fois qu'ils sont passés à la télé et après quelques années à faire semblant, ils divorcent du jour au lendemain.

Le vieux Séraphin, originaire du Sud, avait un peu de mal à suivre les métaphores de son jeune ami Jim. Ce qu'il comprenait surtout, c'était que le pays avait bien évolué depuis sa jeunesse, et que personne ne semblait plus maîtriser la situation. Il alluma son roulé de « tabac bâton » et prit la parole dans son style terre à terre.

— Non, mais laisse tomber ! Les jeunes, vous savez, la politique n'est plus ce qu'elle était ! Ils sont plus là, nos vieux politiciens, visionnaires, qui avaient des convictions et qui allaient jusqu'au bout de leurs idées. Pendant les Évènements, quand le pays était en feu, ils ont su miser sur la sagesse pour changer la donne. Maintenant, on dirait que nos politiques ont oublié tout ça. Ils ne font que se disputer, que ce soit entre parti loyaliste et parti indépendantiste ou à l'intérieur même des blocs. On a l'impression de ne pas avancer. Pourtant, nous avons un chemin à suivre, celui des Accords. Awa ! Moi, maintenant, je ne veux plus voter. J'ai l'impression que les Accords qui ont été signés, c'est pour faire joli, « que des mots sur du papier », comme dit si bien une chanson de Dick et Hnatr. Mais au fond, rien n'est fait. On avance à grands pas de tortue ! Aouh ! Nous, avant, quand il s'agissait des meetings politiques, eh bien, vous voyez, nous marchions à pied, de Koutio jusqu'en ville, pour encourager nos représentants. Il y avait du monde et beaucoup de jeunes. Aujourd'hui, la politique n'est plus ce qu'elle était. Les jeunes s'en moquent complètement. Ils préfèrent rester dans leur quartier à siroter une bonne bière et rouler un joint. Au fond, ils ont bien raison, c'est plus simple. Si nous, les vieux, on n'y comprend plus rien, alors comment eux, les jeunes, peuvent comprendre ? Je me le demande !

Le débat s'anima. Chacun donna son avis et ses impressions sur ce qu'était la politique d'aujourd'hui. De temps en temps, des élus étaient traités de « salauds » ou de « bons à rien ». Tout le monde s'accordait pour dire qu'ils devaient abandonner leurs jeux absurdes, trop stratégiques et trop complexes. Ce qu'il fallait, c'était pratiquer un vrai sport, celui de l'endurance, qui demande effort et régularité. L'important n'était pas de courir vite, mais de trouver son rythme. Cela semblait pourtant simple comme bonjour, mais il fallait croire que la politique du pays n'aimait pas le sport et préférait n'en faire qu'à sa tête. Comme c'était un petit pays éloigné de tout, soit elle s'inventait des règles fantaisistes, soit elle faisait un copier-coller absurde.

Le débat sans fin se prolongea tard dans la nuit, autour de *shells*[3] de kava.

Ben écoutait les propos de ses aînés avec attention, mais il avait du mal à suivre les finesses des échanges et préférait ne pas intervenir. Bien sûr, il savait qu'il y avait des loyalistes d'un côté et des indépendantistes de l'autre. Mais toutes ces histoires d'ententes et de querelles ne lui disaient rien. Toute sa vie, il s'était tant occupé de sa famille que l'actualité politique était passée à la trappe. Et puis, lui, un jeune homme du squat, que pouvait-il faire ? Que valait sa parole ?

Il se souviendrait toujours de l'année où un élu s'était présenté dans leur squat, leur promettant monts et merveilles. L'homme jonglait si bien avec les mots que certains l'avaient pris pour le Messie en personne, celui qui allait changer les choses. Il avait prétendu que les habitants du squat avaient droit à la parole. Alors, tout le monde s'était pris au jeu en demandant l'installation de l'eau courante, de l'électricité et — tant qu'à faire — du

---

3   Shell : coquille, en anglais. Nom donné à la demi-noix de coco dans laquelle les Calédoniens consomment le kava.

travail pour les jeunes et la construction d'un parc pour les enfants. L'espoir avait brusquement jailli. Évidemment, après les élections, les habitants du squat ne furent récompensés que par des tonnes de mercis pour avoir donné leurs voix, et la magie qui devait faire arriver l'eau dans le squat ne fonctionna pas. Comme les autres, les élus durent se rendre compte qu'ils n'avaient que leurs discours pour changer le monde et que cela ne remplaçait pas les moyens techniques et humains qui auraient été nécessaires.

À la politique, Ben ne comprenait plus rien. C'était pour lui comme du bichlamar, la langue que parlait son ami vanuatais Jim. Lassé d'entendre les autres discourir, il alla dans sa cabane prendre la guitare qui lui servait de compagnon d'infortune, et exprima de sa plus belle voix sa conception de la politique :

Marre, moi j'en ai marre de ces querelles politiciennes,

Marre de cette actu, qui attise toutes les haines,

Perchés tout là-haut, ils nous lancent de beaux discours,

Trop bien rédigés, à la façon des troubadours,

Imposture, tout est mirage et calomnie.

REFRAIN : Ils jonglent avec les mots, comme Yazid jonglait avec le ballon, enfant.

*Ils savaient dompter les gestes, qui allaient hyp-
notiser l'esprit des plus ignorants,*

*Comme Pétain le maréchal, ils créèrent Vichy
d'emblée, reniant les alliés,*

*Richelieu le cardinal trouva ici sa lignée, dans le
pays du scandale.*

Tu dois porter haut et fort la voix du peuple,

Et te soucier du bien-être de tous ces gens,

Sur le bulletin ils eurent foi en la raison,

Escobar doit être banni de la maison

Pas de feinte, pas de flatterie, de fourberie.

Les hommes scrutaient attentivement leur ami qui cachait son visage derrière ses dreadlocks et qui avait un indéniable talent de chanteur. Ils savouraient sa musique en se passant leur shell. Pour dire la vérité, ils ne distinguaient pas très bien les paroles, leurs esprits étant trop englués de kava et de fatigue. Mais Ben s'en fichait. Il avait un public composé d'amis, et c'est tout ce qui comptait. Il faisait sa part afin de maintenir la joie, le partage et l'entraide qui régnaient depuis toujours au squat de la Pierre rouge.

Quant au débat sur les élus de leur pays, il s'était éteint et c'était aussi bien comme ça. La politique n'avait pas besoin des vertus du kava pour donner envie de s'endormir.

Deux années s'écoulèrent.

Le bruit du marteau piqueur sortit Ben de sa sieste. Sous la chaleur de la tôle, il s'empressa d'enfiler sa chemise et de se laver la figure avant de se ruer vers sa voiture, une Peugeot 206 qu'il avait achetée lors d'une vente aux enchères à la mairie de la ville. Alors qu'il saluait les travailleurs qui installaient un abribus à la sortie du squat, il entendit des enfants crier son nom. Dans le rétroviseur, il reconnut Pita, le fils de Jim, et s'arrêta.

— Tonton Ben, tu vas à la radio ?

— Oui, et je vais être en retard. À tout à l'heure, les enfants !

Tout le squat était au courant qu'à quinze heures, Ben allait passer dans l'émission, « Talent du pays », sur *Radio Cocotier*. Les interviews et l'œil de la caméra lui étaient à présent familiers et il commençait à être connu par un large public. Un an plus tôt, grâce à sa bonne étoile, Ben avait vu sa vie basculer alors qu'il jouait l'une de ses compositions au nakamal de Jim. Une jeune femme assise sous le mandarinier avait écouté ses textes avec une grande attention et lui avait exprimé son admiration. Il s'agissait de Sylvie Mebéloune, une journaliste de *Caldocrisie première*, la première chaîne locale. Ce soir-là, alors qu'elle accompagnait sa cousine venue lever un shell, la journaliste tomba amoureuse des textes engagés et souvent provocateurs du jeune auteur-compositeur mélanésien. Elle l'invita aussitôt pour participer à des émissions radio évoquant les problèmes des squats qu'il pointait du doigt dans ses textes. Quelques mois plus tard, le studio Palétuvier, une maison de disque connue sur le territoire, lui proposa d'enregistrer son premier album avec son petit groupe du squat, « Le cri de la Pierre rouge ». Ses dix titres firent le tour du pays et séduisirent d'autres îles du Pacifique, en particulier le Vanuatu où ils furent très appréciés. Un bonheur n'arrivant jamais seul, Ben finit par épouser Sylvie, la journaliste avec qui il s'était lié au fil des émissions. Il l'avait vue tant de fois à la télévision ! Jamais il n'aurait cru ce dénouement possible. Il partagea ce bonheur avec toute sa famille, sa maman, ses frères et sœurs, mais aussi ses cousins et ses tontons venus de Lifou. Avec leurs économies, le couple loua une salle modeste pour célébrer le mariage. La famille du squat de la Pierre rouge se chargea de nourrir les convives et d'animer la soirée.

Ben fut vraiment heureux de voir ses cousins de Lifou. Ils lui rappelaient tellement son père, son grand-père et leurs terres laissées là-bas ! Ils n'étaient plus là et avaient emporté avec eux les vieilles histoires du passé. Il aurait tant voulu en connaître quelques bribes ! Il pensait que l'eau avait coulé sous les ponts, et il songeait déjà à rattraper le temps perdu en allant visiter ses proches. Il voulait découvrir la vérité, cette vérité qui avait fait tant de mal aux siens, qui avaient tourmenté son papa jusqu'à le rendre malade.

Après le mariage, Ben fit le premier pas, malgré l'avis de sa mère qui était contre ce retour aux sources. Il voulait présenter son épouse à sa famille, elle qui attendait désormais un enfant. Cela lui semblait important. Il ne voulait pas que son enfant naisse et grandisse sans connaître ses origines et sa véritable histoire.

Une fois dans l'ATR 72, Ben sentit son cœur battre de plus en plus fort. Il s'extasia devant la beauté des nuages que montrait le hublot. Ils formaient comme un pont reliant une île à une autre. Cette vision encouragea Ben dans son désir de revenir sur les terres de ses ancêtres. Peut-être était-ce un signe de l'au-delà, de la part de son père, qui encourageait son action.

À l'aérodrome de Wanaham, son cousin Papyl vint à sa rencontre et le conduisit directement jusqu'à sa tribu, là où demeurait son dernier grand-père.

Ben, un peu intimidé, fit un geste coutumier en guise de bonjour et expliqua les raisons de sa venue. Dans la petite case, le vieillard prit la parole. Remerciant le geste, il en profita pour expliquer toute sa généalogie au jeune homme, remontant jusqu'à six générations.

Tandis qu'il énumérait les noms des ancêtres et des lieux, Ben buvait ses paroles. Depuis le temps qu'il voulait savoir son histoire ! Le vieil homme cita enfin le nom du père de Ben, celui qui était parti pour ne jamais revenir, cet homme qui, lorsque des conflits avaient éclaté entre les clans pour des problèmes de terre, avait choisi l'humilité en s'en allant, plutôt que de se confronter aux membres de sa famille, à ses oncles utérins, à la famille de sa mère.

— Tu vois, mon fils, certains ici ont qualifié de lâche l'attitude de ton père à son départ. Mais vois-tu, maintenant, tout te sourit, à toi, à tes petits frères et tes petites sœurs. Vous êtes heureux et votre famille est au complet, et pourtant vous avez travaillé dur, vous avez fait des sacrifices, et tes parents ont souffert en silence, loin de leur terre. Maintenant, je te dis, regarde cette forêt là-bas, où était posée votre case. Elle est inhabitée. Les personnes qui ont voulu revendiquer cette terre sont toutes parties. Certaines sont mortes d'étranges maladies, d'autres n'ont plus d'enfants aujourd'hui et d'autres encore ont été touchés par des malheurs. Pourquoi ? Parce que la terre est gardienne de la vérité. Elle peut bénir, comme elle peut maudire, et cela pour des générations. Ton terrain est là-bas, il t'attend depuis toujours, viens t'installer chez toi, avec ta femme.

Ben était profondément touché. Il n'y croyait pas ! Lui qui était seulement venu découvrir son histoire, voilà qu'il récupérait la terre de ses aînés. Il aurait tant voulu que son père soit là pour voir l'homme qu'il était devenu !

3, 2, 1, 0, le jingle de l'émission retentit et les enfants accoururent puis se regroupèrent autour de la radio du vieux Jim qui était assis sous le faux poivrier.

— Venez vite ! Y'a tonton qui chante en acoustique à la radio !

Souviens-toi des sacrifices et concessions,

De ces vieux sages pour la réconciliation,

À présent, ils te lèguent les clefs, d'l'embarcation,

Conduis le bateau vers l'émancipation

Que sagesse, que justice, droiture te guident. »

REFRAIN : Ils jonglent avec les mots, comme Yazid jonglait avec le ballon, enfant.

Ils savaient dompter les gestes, qui allaient hypnotiser l'esprit des plus ignorants,

Comme Pétain le maréchal, ils créèrent Vichy d'emblée, reniant les alliés,

Richelieu le cardinal trouva ici sa lignée, dans le pays du scandale.

Ben chantait *Politimar* avec ferveur. Ses chansons avaient été entendues et les choses commençaient à bouger dans le squat de la Pierre rouge.

Il restait beaucoup à faire, mais en renouant avec son passé, Ben avait le sentiment de s'être construit un avenir.

Excès

Saipö Saipö

Je prends la place du mort à bord de cette Polo trois portes. Lionel est installé au volant, il a envie de conduire la voiture de Steve, assis à l'arrière en compagnie de Christian. Le souci c'est que le moteur cale toutes les cinq minutes. Énervé, Lionel cède sa place à Steve, plus à même de répondre aux caprices mécaniques de sa voiture. Du coup, moi je m'installe derrière, sans attacher ma ceinture, pour pouvoir m'allonger le plus possible et dormir… Fermer mes paupières lourdes, me reposer des excès de cette soirée où l'alcool a coulé à flots pour nous quatre. Et nous voilà partis à rouler dans la nuit marseillaise. Avec l'insouciance de la jeunesse à qui tout sourit.

J'ai somnolé un moment et le cri de Lionel « VOITURE ! » m'a sorti brutalement de ma torpeur. Trop tard. Le crissement des freins, pour éviter un véhicule qui tardait à démarrer au feu vert, est arrivé beaucoup trop tard. Le choc a été terrible.

Le bruit assourdissant a couvert le Kaneka déversé par l'autoradio.

Complètement réveillé, je me suis retrouvé coincé entre les sièges. Ma tête avait heurté le dossier du chauffeur. Lorsque j'ai voulu me redresser, mes membres ne répondaient plus. Une douleur atroce irradiait dans mon crâne depuis mes cervicales, m'arrachant des larmes. Steve s'est retourné et m'a réconforté du mieux qu'il le pouvait jusqu'à l'arrivée des secours. Les deux autres aussi.

Une fois dans l'ambulance toute sirène dehors, je me retrouve bloqué dans une coque. J'ai l'impression d'être un pharaon couché dans son sarcophage pour l'éternité. La douleur persiste jusqu'à l'arrivée à l'hôpital. Une fois sur place, médecin urgentiste, examens, antalgiques puissants s'enchaînent. Et puis c'est le trou noir.

Sorti de mon corps... plafond... blouses blanches penchées sur moi... font tout leur possible... s'acharnent à me sauver... envol... guidé par une présence... suis un aigle qui plane... une grotte près de la tribu... un groupe d'hommes discutent, semblent très heureux... plus loin, un cimetière... Mon enterrement... des membres de ma famille et des proches... près du cercueil... mon chef de clan.

Soudain... une traversée... tunnel sombre... une lumière... un lieu paisible où règne l'amour... regards bienveillants... des personnes souriantes...

visages flous... sauf celui de mon père... disparu lui aussi... tout le monde marche... une procession... une porte... lumière encore plus intense... joie indicible... soudain un être lumineux m'arrête... dans sa main un grand livre... son esprit dit... ton nom n'est pas écrit... revenir sur mes pas... obligation !

La voix de mon père qui me salue.

Je me réveille.

Le plafond de ma chambre. Un hôpital à vingt mille kilomètres de chez moi. Sur le mur d'en face, un calendrier. Je suis resté dix jours dans un coma artificiel. Totalement paralysé, je regarde ces nombreux tuyaux qui relient mon corps à différents appareils. Je suis sous assistance respiratoire. La trachéotomie me prive de ma voix. Je suis dépendant comme un nouveau-né.

J'observe le ballet des infirmières, des aides-soignantes, des médecins et des kinésithérapeutes. Je m'accroche à leurs mots d'encouragement, mais je n'accepte pas mon état. Lifou me manque tellement ! Je passe des nuits à pleurer et des journées entières à me poser des tonnes de questions. Serais-je dans ce désespoir si j'avais mis ma ceinture ? Si j'avais moins bu ? Si je n'avais pas été dans cet état de fatigue, proche de l'inconscience ? Heureusement pour moi, je bois les paroles et les prières de sœur Henriette, un des premiers visages bienveillants m'ayant réconforté à mon réveil. Un véritable ange gardien. Je garde espoir, chaque tuyau enlevé est une bataille remportée. Je n'ai qu'un seul objectif, me mettre un jour sur un fauteuil roulant pour pouvoir sortir de ma chambre et contempler un paysage. Après quatre mois d'hospitalisation, j'esquisse un mouvement du bras gauche. Enfin ! Les quatorze mois suivants en centre de rééducation me permettent de récupérer l'entière mobilité de mes bras. Je réapprends à être autonome, à me laver, à m'habiller, à me nourrir et surtout, à me déplacer en fauteuil. Mon plus grand ennemi pendant ce long séjour à l'hôpital a été le temps. Inerte sur mon lit, je le voyais s'égrener avec une lenteur débilitante.

Janvier 2006, reconnaissant et admiratif pour tout le personnel, je quitte le centre sans oublier aucun visage. Je rentre enfin chez moi, accompagné par mon cousin Jean. Après un long vol, j'embrasse joyeusement mes proches, ma maman, ses deux sœurs Jeanne et Waego, ma cousine Vanessa et mon frère Fabrice. Je revois aussi ceux qui ont partagé ma vie de jeunesse dans ma tribu, avec qui j'ai appris tant de choses. Leur amour fraternel, leur amitié m'enveloppent agréablement. Et tout cela me revigore.

Dans le parking peu éclairé de l'aéroport, avant d'embarquer dans la voiture de mon petit frère Kevin, je devine un « bienvenu » murmuré à mon oreille. J'ai reconnu la voix de mon père. Je me retourne. Personne. Cependant, au loin, dans le feuillage d'un arbre, je distingue une silhouette qui, après m'avoir fait un signe de la main, disparaît comme par enchantement. Sur le trajet nous menant à la maison, dans le quartier de Tindu, une chouette nous escorte et effleure par intermittence notre pare-brise. Visible et invisible s'entremêlent. Mais je ne perds pas la réalité de vue. Je suis là, soudé à mon fauteuil, parfaitement conscient, et prêt à affronter toutes les difficultés qui se présenteront.

Prêt à rouler sans excès.

Dans ma nouvelle vie.

Le drapeau

Waej Juni-Génin

Sinézé du clan Api Kai est né exactement le 5 novembre 1928. Cette précision calendaire est incongrue. Un indigène, à cette époque-là, naissait le 1er janvier ou le 1er juillet de l'année. L'année même était souvent douteuse.

Au médecin militaire qui s'en étonna, Sinézé haussa les épaules et afficha un sourire énigmatique.

Sinézé est né et vit à la tribu de Punenöj, une tribu ignorée par les panneaux de signalisation, mais bien repérable de nos jours par satellite, grâce aux falaises grises qui résistent nuit et jour aux assauts de l'océan.

Il vit dans une maison en dur que les gens de Lifou, éblouis par l'architecture occidentale, appellent pompeusement « villa ». Il vaque à ses occupations, entouré de sa femme — sa troisième femme — et de ses petits-enfants, quand ils lui font le cadeau de leur présence pendant les vacances scolaires.

Nous sommes en 2010. C'est jour de marché dans la tribu.

Sineze et son épouse ont décidé de vendre leurs régimes de bananes poingo. Ce sont de belles pièces bien charnues. Au toucher, les fruits sont fermes et laissent échapper un parfum sucré invitant le chaland à la dégustation. C'est ce qu'apprécie un couple d'Européens qui s'extasie devant les fruits et devant la crinière blanche du vieux. Ça mérite une photo !

Le vieux Sinézé leur répond dans un français académique et sans accent qu'il ne veut pas de photo, mais qu'il apprécie le compliment sur ses bananes.

Ce jour-là est à marquer sur le tronc d'un cocotier, car il se trouve que ces deux acheteurs de bananes sont des historiens, missionnés par Paris.

Le vieux Sinézé et sa femme Ajaweë font la connaissance des émissaires du musée des Arts premiers à Paris, chargés de recueillir la mémoire vivante de Kanak partis pour les deux guerres. Ils sont surtout intéressés par le deuxième conflit qui a tiré de sa torpeur tropicale ce pays isolé par le régime de l'indigénat.

L'aubaine est trop belle pour les envoyés du musée et des rendez-vous de première approche sont pris avec le vieux Kanak, ravi lui aussi de pouvoir dire à d'autres personnes ce qu'il a vécu sans être traité de vieux radoteur ou pire encore. Ses enfants et petits-enfants, malgré tout le respect qu'ils lui portent, montrent par leurs regards las que les pérégrinations du grand-père chez les Australiens en 1946, l'histoire du bateau appelé *le Notou*, coulé par un navire allemand ou d'autres histoires du même acabit, ils n'y croient qu'à moitié.

Voilà enfin des personnes qui ajoutent foi à ses vieilles histoires et il jubile de pouvoir transmettre ce que son père lui a raconté.

Et ainsi lui rendre hommage.

Les premiers rendez-vous pris, la méthode de travail fixée, les deux émissaires de l'État français se présentent chez Sinézé avec microphones, enregistreurs, caméras et autres matériels sophistiqués.

Ils comprennent que Sinézé ne leur parlera pas de la Seconde Guerre mondiale, il était trop jeune alors. Ils comprennent aussi que Sinézé ne s'étendra pas sur la vie de son père, poussé par son grand chef pour défendre les couleurs de la France libre.

En revanche, ce que les deux agents de l'état français saisissent, c'est qu'ils détiennent en la personne de ce fringant Kanak un spécimen condensant tous les questionnements, toutes les interrogations d'un homme du XXe siècle, né par hasard du mauvais côté de la barrière.

Homme de conviction et de contradiction, il s'est pleinement engagé dans la création du nouveau parti indépendantiste, proche des coutumiers et des religieux, tout en affirmant ses idées gaullistes.

À la question : « Est-ce que vous savez ce qui a poussé votre père à s'engager dans l'armée française ? » Le vieux Sinézé a marqué un temps de réflexion et a demandé à répondre à la question en deux temps.

Il a dit ceci : « C'est dommage que mon père soit décédé. Je ne peux pas répondre à sa place. Mais il m'a bien indiqué qu'il s'était engagé comme volontaire dans l'armée de De Gaulle, pas dans l'armée française. Et, j'ai mis longtemps, oui très longtemps à comprendre. Et, quand j'ai enfin saisi la nuance, j'étais fier de mon père. Je suis toujours fier de mon père. De Gaulle était l'espoir pour des milliers de Français opprimés comme lui par un envahisseur destructeur, en 1939. De Gaulle était l'espoir pour des millions d'Algériens méprisés par le gouvernement central, en 1958. Il était aussi l'incarnation de l'espoir pour les Vietnamiens. Mais ici, chez nous, De Gaulle n'a pas fait en 1958 ce qu'il avait dit et avait fait ailleurs. Et depuis, je suis toujours… » Le vieux Sinézé a marqué une pause. Sa voix a un peu tremblé. « Je suis toujours… en attente ! »

La journaliste en profite pour lui faire préciser sa pensée.

« Avez-vous des hommes politiques qui vous donnent de l'espoir comme le général en son temps. Pouvez-vous me citer un ou deux noms ? »

Sans hésitation, Sinézé du clan Api Kai cite Eloi Machoro. « C'était un guerrier. Il avait le cœur d'un homme, d'un vrai. » Il cite aussi Jean-Marie

Tjibaou. « C'était un stratège. Il avait le regard affûté des geckos de la montagne. »

La journaliste lui fait remarquer que les personnalités citées sont décédées. Sinézé ne lui répond pas, il se lève, ouvre le tiroir cadenassé d'un meuble dont la clé pend à son cou et en extrait religieusement deux grands carrés de tissu, deux grands tissus en soie aux couleurs du drapeau kanak qu'il déploie devant ses hôtes. Le tissu fait 4 mètres de long et 3 mètres de large. Un parfum de naphtaline se répand et toutes les douleurs, toutes les hontes bues, tous les soubresauts de l'histoire de son peuple se déversent pêle-mêle en un tourbillon lourd et silencieux, dans ce salon baigné de lumière.

C'est lors de la grande exposition universelle de Shanghai, qu'il a visitée avec sa tribu en juin 2010, que Sinézé a fait confectionner ces deux drapeaux. Il a choisi une soie douce, fluide, chaleureuse. Il a rapporté ces trésors de Chine dans un bagage à main spécial. Et, il ne les a jamais exposés.

Quand on déploie l'étendard, les bandes horizontales bleu, rouge et vert brillent de toute leur intensité, tandis que la flèche faîtière se dresse fièrement devant le soleil levant et vous invite à vous incliner.

On a pris Sinézé en photo, drapé dans son pavillon, entouré de sa femme et de ses petits-enfants.

Quelques mois plus tard, dans la revue Historia, une pleine page était consacrée à Sinézé avec un titre évocateur : « L'histoire oubliée des défenseurs de la France Libre ou comment le général de Gaulle incarna l'espoir d'un peuple des antipodes. »

La revue, connue uniquement des lettrés et des historiens, vit son chiffre de vente bondir en un mois, chez le buraliste de la rue Carcopino, à Nouméa.

Huit ans plus tard, dans son salon baigné de lumière, Sinézé écoute consciencieusement l'interview de l'invité de la matinale de NC 1ʳᵉ. C'est Louis Kotra Uregei. Le président du parti travailliste prône l'abstention. Cela met Sinézé de mauvaise humeur, de très mauvaise humeur. Que veut dire s'abstenir ? Ne pas se rendre aux urnes ? Ne pas voter ? Voter blanc ? Mais les votes ne seront pas comptés ? On perdra des voix ! Tout cela échauffe la tête habituellement froide du vieux Sinézé et le met de très mauvaise humeur pendant des mois.

Il a bien noté les regards qui se détournent à son passage dans l'épicerie de la tribu. Il a constaté les changements de sujet à son approche et les sourires indéfinissables des militants indépendantistes qui ont appelé à voter pour le « Oui ». Il a aussi remarqué le ton plus désinvolte des jeunes à son égard. Au lieu de dire poliment : Qaqaa Sinézé, hapeue nyipë ? on lui lance comme à un pair : Sinézé qatr, moyên hi ?

Mais le vieux battant n'en a cure, il en a vu d'autres !

Le 4 novembre 2018 s'approche avec son déferlement de propagande. Les anti-indépendantistes insistent sur la sécurité et le confort, surtout le confort matériel. Les indépendantistes mettent l'accent sur le rêve du pays à venir, avec son peuple arc-en-ciel et ses institutions nouvelles.

Nous sommes dimanche matin, le 4 novembre 2018. Le vieux Sinézé prend une longue douche, met sa plus belle chemise en soie, enfile son plus beau pantalon, ceint son drapeau en écharpe sur sa poitrine comme un sénateur le ferait avec l'écharpe tricolore, puis il se présente à l'ouverture du petit bureau de vote de Punenöj. Il est le premier à le faire.

Les responsables du bureau ont du mal à faire comprendre au vieillard qu'il est interdit d'afficher des signes de son appartenance politique lors du scrutin. Il doit se défaire de son drapeau avant d'entrer dans l'enceinte de l'école, transformée en bureau de vote pour l'occasion.

Arborant à nouveau son pavois en écharpe après cette pause malheureuse, il se présente à l'église pour le culte dominical. À midi, il se régale d'un rôti de poulet bien tendre, puis fait un somme qui dure tout l'après-midi, toujours ceint de son drapeau.

À 19 h 30, il suit le dépouillement à la télévision. À l'annonce des résultats définitifs — 56,3 % pour rester dans la France et 47,3 % pour les indépendantistes — il dit d'un ton laconique, devant ses fils venus à la tribu pour y voter : « Ça aurait pu le faire ».

Puis, il va se coucher.

Sinézé se lève très tôt. Il prépare le petit-déjeuner familial et, avant de dire le bénédicité, il demande à prendre la parole :

« Mes enfants, voici mon souhait : sur mon cercueil, vous étendrez ce drapeau. Quant à l'autre, celui-là, vous le gardez en héritage. Et quand viendra le grand soir — s'il vient un jour —, vous l'accrocherez sur la cime la plus haute des pins de Punenöj pour que le drapeau déploie, haut et élégant, l'espoir de notre combat. »

Nous sommes le 5 novembre 2018, le vieux Sinézé a 90 ans. Il vaque à ses occupations. Nous sommes le jour d'après, le jour d'après le référendum. C'est un jour comme un autre.

Enfin, presque !

LA VIE EN ROSE

Isa Qala

> *À tous les parents du pays !*
> *À la jeunesse, il n'y a pas d'échec,*
> *juste des obstacles à surmonter.*
>
> *Aux artistes qui nous font passer de beaux messages*
> *dans leurs chansons, mais qui sont bien souvent*
> *noyés par les instruments.*
>
> *À cette lumière qui nous donne la vie.*

— Rose ! Rose ! Réveille-toi ! Il va bientôt faire jour ! dit Lisa d'une voix tremblante.

— Hmmmm ! Va te faire foutre ! grommela Rose dans son sommeil.

— Mais réveille-toi, bon sang !

Lisa était agacée. Elle secouait avec force sa cousine Rose endormie dans un tas d'herbe sous les gaïacs. La rosée du matin se faisait sentir depuis un long moment et la jeune fille voulait déguerpir avant que le soleil ne pointe le bout de son nez et ne dévoile leur présence sur le site de la kermesse.

Les deux jeunes filles avaient dormi dans l'inconfortable verdure, épuisées par la fête et par l'alcool ingurgité sans modération.

Rose se réveilla brusquement, repoussant les longues tresses qui tombaient sur son visage. Elle réalisa qu'elle n'était pas dans sa chambre. Un visage lui apparut, des souvenirs vagues de la soirée, des cris, des coups, des insultes, des hurlements, des soupirs, des gémissements. Sa mémoire ne lui révélait pas tout, mais juste assez pour comprendre qu'elle avait déraillé encore une fois. Elle eut une énorme envie de pleurer.

— Non, Rose ! Pas de chute de la Madeleine aujourd'hui ! On a déjà dit, on ne verse pas des larmes pour des connards ! Les larmes, ça s'économise ! dit fermement Lisa.

— Mais qu'est-ce que j'ai fait ? demanda Rose avec exaspération et frottant sa joue droite endolorie.

— Rien ! Tu t'es juste battue avec je sais pas qui, et tu as insulté un peu tout le monde.

— Et ?

— Et tu es partie avec mon cousin Ben, je ne sais où, mais c'est pas grave, ça arrive ! répondit Lisa avec un sourire moqueur. C'est pas comme si c'était la première fois !

Rose désirait tout évacuer, comme le goût du whisky qui était resté collé dans sa bouche, mais impossible de s'en défaire. Ses souvenirs lui rappelaient irrémédiablement sa nuit très mouvementée.

Avant cela, Rose et Lisa avaient passé leur temps à mendier gentiment de l'argent à leurs aînés présents sur le site pour payer l'inscription de leur équipe de volley-ball. En réalité, le sport n'était pas dans leur programme, elles voulaient se payer des bières bien fraîches à la buvette de la kermesse. Ces bières qui compléteraient les deux bouteilles de whisky qu'elles s'étaient procurées au marché noir en se cotisant. Ce dimanche soir, elles voulaient continuer à faire la fête, car *Ambiance du Sud* était à l'affiche, un groupe de musique connu sur l'île pour ses belles balades et qui venait de sortir son nouvel album intitulé « Peuple kanak ».

Les jeunes de l'île étaient venus nombreux pour voir le groupe. Certains avaient même fait du pouce, y compris Rose. Elle souhaitait absolument assister à l'animation musicale pour se défouler. Elle avait quitté sa maison depuis vendredi et, depuis, elle ne cessait de boire et de festoyer. Marre du train-train où, le matin, elle devait nourrir les cochons, faire le ménage à la maison et préparer la cuisine pour les deux vieux. Marre de s'occuper des champs d'ignames de tous les gens de la tribu. Marre de se faire exploiter ! Mais que pouvait-elle faire ? Accomplir toutes ces tâches était son devoir de jeune fille, surtout depuis qu'elle avait subitement décidé d'abandonner son BTS pour mener une vie purement tribale.

Ses parents n'avaient pas compris son choix, mais puisque telle était sa décision, qu'elle soit utile à la maison et dans la tribu. Rose, au début, n'avait pas rechigné au sort qui l'attendait, car elle était sûre d'elle. En fille bien élevée, elle acceptait de tout faire. Elle était gentille, on lui avait appris à être polie, à dire « oui » à tout le monde et à aider ses proches, si besoin. Mais ce week-end, comme tous les autres, elle voulait sortir de la routine. Ce dimanche, en particulier, car elle voulait par-dessus tout se confronter à un visage qui l'avait beaucoup fait souffrir.

Dans l'épaisse fumée et le faible éclairage du podium, Rose l'avait revu. Il n'avait pas changé, toujours armé de son sourire charmeur, toujours à jongler avec les mots et toujours à faire rêver tous ceux qui voulaient bien l'écouter. Elle avait juste envie de le faire taire et de l'envoyer paître. Pourquoi les gens l'admiraient-ils tellement ? Il ne le méritait pas. Le cœur meurtri, Rose ne parvenait pas à oublier et à tourner la page. La douleur la hantait, se rajoutant à un mal-être qui s'était installé de manière invisible depuis quelque temps.

Sur la piste, devant le podium, Rose noyait son désarroi en se gorgeant de whisky à la vue de tous. Les gens de sa famille ou de sa tribu pouvaient la regarder ou la critiquer, elle s'en moquait totalement. Ils ne pouvaient pas comprendre ni soigner ses blessures. La tête baissée et ses longues tresses tombantes, elle se laissait complètement aller.

— Qui sont les parents de cette jeune fille ? Elle est vraiment mal élevée ! s'indigna une vieille femme.

— Je ne sais pas. En tout cas, la gamine a trop bu ! Regarde ! On dirait qu'elle apprend à marcher, la pauvre ! ironisa une autre vieille dame.

Rose n'était pas la seule à s'enivrer sur la piste, beaucoup de jeunes en capuche étaient tout aussi ivres. Ils dansaient, les yeux rouges et tirés, presque endormis, tels des zombies, éreintés par l'alcool. Seules la musique et la puissante sonorisation de la kermesse semblaient les ranimer de leur état léthargique. Quant à certains, ils étaient en proie à une surexcitation douteuse et étrange, planant dans un délire total. Ils baragouinaient, criaient, hurlaient et insultaient même les musiciens pour attirer l'attention sur eux. Les artistes devaient faire bouger la piste et « mettre du lourd[4] » afin de les emporter loin de leur réalité.

Les musiciens d'*Ambiance du Sud* assuraient leur prestation tout en essayant de garder leur sang-froid, face à ce public très éméché. Ludo, le leader du groupe, cachait sa déception. Leur art devait-il être au service de ce public d'ivrognes qui n'avait que faire des messages de leurs chansons ?

Peuple premier, peuple premier, n'oublie jamais

Les souffrances endurées par tes aînés

Peuple premier, peuple premier, ne renie jamais

Les sévices et les douleurs des temps passés.

« Peuple premier », LMS.

---

4   Expression utilisée par les jeunes pour inciter les artistes à chanter des chansons qui bougent ou qui leur plaisent.

Était-ce là le fier peuple kanak qu'il chantait et auquel il avait dédié le titre revendicateur de leur album ? Il poussa un profond soupir tout en continuant à jouer de sa guitare. Le peuple premier allait devoir apprendre à maîtriser l'alcool et ses effets, avant de mener sa lutte.

Depuis la scène, il voyait cette jeune fille aux tresses longues qui ne cessait de l'insulter et qui dansait telle une folle, poussant tous ceux qui étaient près d'elle. Rose essayait sans doute de lui montrer maladroitement son amour avec toute sa frustration de ne plus être aimée et d'avoir été lâchement abandonnée. Ludo avait mal au cœur de voir tant de beauté gâchée.

> *He lusina dou manenang*
>
> *tue faga malie ina*
>
> *ge ou koloa mo dou jeunesse.*
>
> « *Sasau* », Suamata

Sur la piste, des mamans étaient venues les encourager et écouter leur musique tout en gardant prudemment leurs distances avec les jeunes surexcités.

Quant au reste de la foule, les plus grands étaient médusés devant le spectacle de soûlographie qui s'offrait à eux. Ils n'écoutaient même plus les artistes chanter et regardaient, déconcentrés, ces jeunes turbulents passés maîtres du camouflage. Une jeunesse se dissimulant derrière des bonnets, des pulls à capuche et qui portaient des jeans plus grands que leurs derrières. De quoi voulaient-ils donc se cacher ? Les adultes semblaient dépassés par cette nouvelle génération.

Tu peux me dire pourquoi, mama[5],
je n'ai pas le droit ?

Kamadra[6] a dit que je suis grand !

Qui est le droit ?

Conflit des deux générations, depuis hier,
rien n'a changé !

« Poizin », Mexem.

Que faire dans une telle situation, alors que les aînés eux-mêmes avaient autorisé la vente d'alcool dans la kermesse ? Pire, c'était également eux qui avaient donné de l'argent aux jeunes afin qu'ils se détruisent à petit feu. Il leur était évidemment difficile d'assumer tout cela.

Il fallait croire que les kermesses d'aujourd'hui n'étaient plus comme celles d'autrefois, à l'époque où le sport prédominait et où les jeunes des différentes tribus de l'île avaient hâte de s'affronter au volley-ball ou au football. Les mentalités avaient changé et beaucoup de jeunes étaient devenus allergiques au sport, ne préférant sortir que la nuit, tels des roussettes, attirés par l'animation musicale.

---

5   Mama : mot drehu signifiant « grand frère » ou « grande sœur ».

6   Kamadra : mot drehu désignant une personne blanche.

Rose était toujours devant le podium, secouant la barre de sécurité qui la séparait des artistes. Tandis qu'elle revoyait ce visage dans l'épaisse fumée, la haine montait en elle. « Rien à foutre ! » hurlait-elle. Son corps bougeait dans tous les sens, suivant machinalement le rythme de la musique, mais son cerveau avait cessé de fonctionner, grillé par l'alcool et les pétards.

Puis ce fut le trou noir.

Elle ne se souvenait pas d'avoir bousculé les gens sur la piste ni de s'être bagarrée avec d'autres jeunes. Cette nuit-là, sa bouche avait éructé des paroles obscènes, des insultes bravant tout entendement. Comment dire ? Rose était devenue une autre personne, une diablesse. Elle n'en était pas à ses premières frasques, elle avait pris l'habitude de boire presque tous les week-ends avec ses cousins et cousines. Elle avait même fait un accident de voiture, conduisant sans permis, ivre au volant et avec un véhicule volé. Elle avait piqué la voiture de son cousin tandis qu'il dormait, assommé par l'alcool.

Sa mère n'avait cessé de lui dire « Hmitrötr[7] ! Hmitrötr ! » comme si le ciel allait s'écrouler. Elle déplorait encore une fois l'attitude de sa fille.

— Tu as volé la voiture et ce n'est pas bien ! C'est un crime ! Tu entends, Rose ? Tu comprends ce que

---

7   Hmitrötr : mot Drehu signifiant « C'est interdit, c'est quelque chose qui ne se fait pas. »

je te dis ? Pourquoi ne respectes-tu pas ce qu'on te tue à te répéter ? *Hmetrötr laka sisitria*[8] !

— C'est tranquille, Jeannette ! Pourquoi tu te prends la tête ? Je me suis excusée auprès de *mama* Henri, il m'a pardonné et m'a dit que l'essentiel était que je sois vivante, la voiture est remplaçable, pas la vie ! avait-elle répondu avec indifférence.

Rose avait pris l'habitude de tutoyer sa mère, surtout quand celle-ci bouillonnait de colère. C'était sa manière à elle de calmer la tension et de faire baisser la température. La jeune fille usait beaucoup de l'humour pour discuter avec ses parents, en particulier lorsque les sujets devenaient trop sérieux et les propos trop moralisateurs. Sa façon de leur répondre agaçait toujours ses parents. Décidément, leur fille avait adopté une sorte d'indolence, ne prenant rien au sérieux. Autant Rose pouvait être à l'écoute et très serviable, autant elle pouvait être une véritable tête de mule, s'adonnant à son loisir favori, la fête, et transgressant par la même occasion les interdictions de ses parents.

Robert, malgré les innombrables bêtises de sa fille, n'abandonnait jamais son rôle de père. Tous les jours, il essayait de lui parler sans trop la blâmer pour ne pas l'enfoncer davantage. Chaque matin, il lui partageait un petit verset de la Bible pour l'encourager.

---

8   Le respect est primordial.

Lakon Ien.

Il ne perdait pas espoir, il savait qu'elle lui reviendrait. Même quand elle n'était pas là, il lui laissait un bout de papier contenant la phrase sacrée sur sa table de chevet, juste à côté de la photo de Joyce, sa grande sœur. Rose observait la jolie écriture de son père, enseignant retraité. Elle lisait la phrase, puis jetait le papier à la poubelle.

« Désolé, papa ! C'est du charabia ces mots et cela ne m'aide pas vraiment à me sentir bien ! » pensait-elle.

En tout cas, Robert et Jeannette tentaient du mieux qu'ils pouvaient d'aider leur fille, qui n'avait pas réussi à accepter la mort de sa grande sœur Joyce, emportée par un cancer à seulement 35 ans, laissant un mari veuf et deux enfants. Rose avait toujours été proche de son aînée, extrêmement complice d'elle. À aucun moment, elle n'avait imaginé sa vie sans Joyce, elles étaient inséparables.

Haba inya möu me bë obiny.

Les brothers de l'atoll.

Mais depuis qu'elle était partie, tout s'était effondré et la douleur emplissait son cœur, laissant de multiples questions sans réponse tourbillonner dans sa tête. Sa sœur ne buvait pas, ne fumait pas, était en bonne santé, croyait fermement en l'existence d'un Bon Dieu, comme leur père Robert, et pourtant la mort avait décidé de la prendre. Rose aurait tant voulu comprendre !

Elle avait l'impression que sa douleur ne s'arrêterait jamais. Ses parents s'étaient toujours tournés vers leur Dieu, qualifié de consolateur, pour apaiser leurs souffrances, mais pas Rose, elle ne savait pas encore à quoi elle allait s'accrocher. Après le départ de Joyce, elle perdait petit à petit goût à la vie, ne voulant plus rien faire. Comme disait une chanson de son île : « ka pë pune la treijeng[9] ».

La jeune fille voulait tout envoyer promener, et pourtant, il lui avait suffi d'un regard pour qu'elle se raccroche à la vie. Ce regard pétillant de joie, surgi de nulle part, croisé un soir dans une kermesse. Alors qu'elle voulait boire dans le noir pour étancher ses tourments et oublier ne serait-ce qu'un instant sa tristesse, il l'avait invitée à manger dans un stand de restauration.

— Excuse-moi, ça fait un moment qu'on discute et qu'on mange ensemble, on ne s'est même pas présenté, je m'appelle Ludo de la tribu de Thelejë, avait-il dit. Et toi ?

— Euh, je m'appelle Rose de la tribu de Hanala, là où il n'y a pas la mer ! avait-elle répondu sur le ton de la plaisanterie, en tentant de cacher sa timidité.

— Tu sais, il n'y a pas que la mer qui fait le charme d'une tribu ! avait dit Ludo en riant.

---

9   Ma tristesse est infinie.

Rose avait souri en entendant ce compliment discret.

— Tu as un joli sourire, je suis sûr que le soleil de ma tribu voudrait se coucher chez toi pour pouvoir le contempler.

— Tiens, c'est bizarre ! Je ne l'avais jamais entendue, celle-là ! Tu ne me sors pas la fameuse phrase « Ton père est un voleur, car il a volé les étoiles pour les mettre dans tes yeux » ? Vous les garçons, vous avez toujours tendance à en faire un peu trop ! avait dit Rose d'un ton ironique.

Ludo s'était mis à rire. Cette fille l'impressionnait, une rebelle se cachait derrière sa timidité.

— Non, je suis désolé de te décevoir, mais moi, je formule mes propres phrases et ne suis pas adepte du plagiat ! Et, non, je n'exagère pas. Pour te parler franchement, depuis le premier soir où je t'ai aperçue, j'ai l'impression de voir ma vie en Rose ! avait conclu Ludo en la regardant droit dans les yeux.

Le jeune homme avait fait sa déclaration avec tant de conviction et de sincérité que Rose n'avait pas eu la force de lui mettre un carton rouge. Elle était tombée sous son charme.

Inu ne bo à l'aise, inu ne bo à l'aise, à l'aise ko.

« Inu ne bo à l'aise », Sadro.

Elle n'oublierait jamais cette première rencontre au mois de décembre. Ce beau jeune homme de vingt-quatre ans aux cheveux bouclés et au regard ténébreux avait débarqué dans sa vie avec toute son énergie d'artiste, redonnant un nouveau souffle à son cœur asséché. Rose, avec ses dix-neuf ans, se débattait dans sa timidité, mais Ludo était plein d'assurance. Il lui parlait d'amour, de musique et d'avenir radieux avec beaucoup de naturel. Parfaitement à l'aise avec elle, il lui avait raconté sa vie, sa licence d'anglais qu'il avait obtenue à l'université de Nouméa, et les études en master qu'il comptait entreprendre en France. Ce soir-là, il s'était confié à elle comme s'ils se connaissaient depuis longtemps. Il y avait eu comme une alchimie.

Rose, quant à elle, ne lui avait encore rien dit de sa vie, mais elle adorait l'écouter pour se distraire de ses tourments. Elle buvait ses belles paroles sans une once de méfiance, le cœur irrigué d'un sentiment amoureux. Tout son corps en frissonnait.

Elle était fascinée par ce jeune homme qui, non content d'être mignon, était intelligent et talentueux. Elle était persuadée qu'avec lui, sa vie deviendrait facile. Il était si dynamique qu'il lui avait injecté une partie de son assurance.

Après cette rencontre, les amoureux ne se quittèrent plus. Ludo venait la voir certains soirs en empruntant la voiture de son cousin. Il n'avait pas son permis de conduire et leurs tribus étaient très éloignées, mais peu importait, l'amour faisait faire des folies. Leurs retrouvailles obéissaient à un rituel, toujours au même endroit, sous le grand bourao, toujours à la même heure, après le journal télévisé. Ils profitaient de chaque instant de la nuit, car quand le soleil allait revenir, ils seraient bien obligés de se séparer, par respect, pour leurs aînés qui ne devaient pas les voir ensemble.

Juetrenë ju hmunë, the qaja kö lo koi itre xan

Ene la göi nyiso laka nyiso a i joli

Ke tha trenyiwa kö nyiso koi sipio.

« Le soleil va se lever », Danger.

La jeunesse devait garder ses aventures amoureuses secrètes, du moins jusqu'à ce qu'elles soient officialisées coutumièrement. Mais c'était tellement dur de se quitter !

Rose était si follement amoureuse qu'elle ne voulait plus retourner à Nouméa pour suivre sa deuxième année de BTS tourisme. Elle désirait rester sur l'île pour profiter de son prince charmant avant qu'il ne parte en août, pour ses études en France. Ses parents ne comprirent pas son choix qu'ils interprétèrent comme une forme de rébellion après la mort de Joyce. En vérité, c'était l'amour qui la guidait. Elle avait même gravé le prénom de son chéri sur sa poitrine, près de son cœur, pour qu'il demeure à jamais dans sa chair. Avec Ludo, elle revivait comme jamais. Elle lui confiait désormais tout, ses chagrins comme ses joies. Parfois, elle lui parlait même de Joyce, et cela lui faisait du bien.

Ludo l'écoutait et l'épaulait quand il le fallait. Il n'était pas fort pour donner des conseils, mais, avec sa guitare, il lui chantait des compositions pleines de vie qui lui redonnaient de l'espoir. Il sentait la fragilité de Rose et voulait l'aider à être plus forte et plus confiante.

Un soir, Ludo arriva dans la tribu de Rose avec sa guitare, et sous le bourao, témoin de leur amour, il lui fredonna de belles chansons qui évoquaient leur histoire. Des chansons rien que pour elle, Rose « sa belle fleur », comme il s'amusait à le dire.

Eö hi lo i modeleng i rouzi hne lai meleng, kölöini lai amureso troni a nyidrawane

Kölö eö lo hniminang, tro so fenei paza tro so nyima madrine.

…

Trona iele sai hmunë e utihë la trona mec

Hniminang, drenge ju hë eö itre nyimang, pi trona hnimi eö.

« Hniminang », Figanazi.

Chaque parole vibrait de passion et de tendresse. Rose fondit en larmes devant ce témoignage d'amour qu'elle ne savait pas comment récompenser. Il lui arrivait de se sentir misérable face à ce genre d'attention. Ludo en faisait beaucoup et elle avait l'impression de ne pas le mériter.

Elle avait le sentiment de vivre un conte de fées. Les gens avaient beau dire que cela n'existait pas, il lui suffisait d'écouter les paroles de ces chansons pour avoir la preuve du contraire.

Tout alla merveilleusement bien jusqu'au départ de Ludo pour la France.

Ce fut alors horrible. Rose se sentit vidée, comme si elle avait perdu une partie d'elle-même. Pendant des mois, ils s'étaient préparés à cette séparation, mais elle ne s'était pas attendue à ce que ça soit aussi difficile. Au programme, chagrin, souffrance, douleur et nostalgie. Et rien ne semblait pouvoir y mettre fin.

Le départ de Ludo la faisait terriblement souffrir, mais elle n'avait pas voulu priver son amour de ses rêves. Elle voulait son bonheur. La relation à distance fut dure, mais ils s'appelaient souvent pour maintenir la pirogue sur le bon cap. Ils s'étaient promis qu'ils se battraient contre vents et marées pour que leur amour perdure.

Pourtant après quelques mois d'éloignement, le couple ne survécut pas à la tornade Éléonore, une jolie Bretonne que Ludo avait rencontrée dans un café parisien et pour laquelle il eut un coup de foudre.

Le conte de fées de Rose et Ludo s'acheva sur un coup de téléphone qui dura moins de trois minutes. Ludo fut franc et bref, il voulait tourner la page et l'incitait à faire de même. C'était ce que disaient ses derniers mots, même pas teintés de tristesse ou de regrets.

Rose en eut le cœur mutilé. Que devenait leur idylle ? Que devenaient ses chansons d'amour qui lui avaient paru si sincères ? Que devenait leur complicité ? C'était fini, tout simplement.

Nya ieû anyik monu, ume na digic nya helâ me peipë hnyi wan eang.

« Cuna », Iaai tradi.

Comme si cela n'avait pas suffi, ses cousines avaient attendu qu'elle soit séparée de Ludo pour lui révéler son infidélité lorsqu'il était encore avec elle au pays. Il était sorti avec d'autres filles : Maria, Josiane, Henriette, Dayana et peut-être d'autres encore. Il allait dans leurs tribus pour les voir, tout comme il l'avait fait avec elle. Finalement, elle se rendait douloureusement compte qu'elle n'était pas aussi spéciale qu'elle l'avait pensé. Elle était une chanson parmi tant d'autres, une fleur comme il y en avait des milliers sur la terre. La vie du musicien charmeur n'était pas si « Rose » qu'il l'avait prétendu !

Ketre thatre ju kö ni lo modé a trane la heng.

« I hnangöni e zavirob », MJY.

Elle éprouvait de la colère et de l'incompréhension. Tout ce qu'elle avait vécu avec lui n'avait-il été qu'une sinistre farce ? Oui ! Un pur mensonge, une comédie parfaitement jouée par un acteur habile et une pauvre naïve qui avait bêtement avalé ses belles paroles. Rien n'était vrai !

Par-dessus tout, elle ne parvenait pas à accepter qu'il lui ait annoncé leur rupture d'une façon aussi brutale. Elle s'était sacrifiée pour lui, elle avait abandonné son BTS rien que pour rester avec lui, et voilà comment Ludo la remerciait ! Quelle torture ! Après cette rupture, elle n'aimerait plus personne d'autre.

Personne ne pouvait comprendre ce qu'elle éprouvait. Rose avait beau se livrer à sa cousine Lisa, sa meilleure confidente, pendant des heures et des heures pour vider la douleur de son cœur, cela ne marchait pas. Elle était soulagée un temps, puis sa détresse recommençait. Le visage de Ludo revenait la hanter. « Comment oublier ? » se demandait-elle. Elle passa des jours à pleurer toutes les larmes de son corps. Ses parents s'inquiétaient de son état, constatant qu'elle était retombée dans un état d'abattement semblable à celui qui avait suivi la mort de sa sœur. En pire.

Sa douleur était parfois si considérable qu'elle en vomissait et perdait connaissance. L'idée de se donner la mort lui traversait alors l'esprit. Elle avait envie d'oublier, de cesser de souffrir. Elle ne supportait pas le fait de haïr Ludo tout en continuant à l'aimer malgré elle. Son cœur faisait des caprices et sa raison se voyait obligée de capituler. Comment vivre cette contradiction ?

Xele ni kö lo hnei hmunë

Ngo ame ni loi ka hnimi eö.

« Önë », Djunya.

Son père tentait de l'apaiser avec ses sempiternels versets du jour. Il parlait de l'amour immense venu du ciel et blablabla… Mais elle s'en moquait complètement. Son amour à elle l'avait rejetée. Comment faire ? Elle avait mal rien que d'y penser, elle continuait à avoir des nausées.

Un jour, sa mère l'emmena chez le médecin, elle ne supportait plus de voir sa fille souffrir et se laisser mourir. Le diagnostic laissa la mère et la fille perplexes. Rose était enceinte de trois mois. Sa mère s'empressa de lui demander l'identité du père.

Mais Rose ne voulait pas prononcer ce nom qui réveillait sa souffrance.

— Qui est le père de cet enfant ? redemanda Jeannette.

— Ce n'est pas important !

— Ah bon ? Ce n'est pas important ? hurla la mère. Et pourtant, il t'a bien foutu enceinte, cet inconnu ! Maintenant tu es toute seule dans la merde ! Un bébé, ce n'est pas rien ! Il faut avoir du travail pour acheter des couches, du lait, du linge. Sans parler des nuits blanches ! Tu te rends compte de la responsabilité que ça représente ? En tout cas, il ne faudra pas compter sur papa et maman pour venir assumer tes conneries ! D'abord, tu largues ton BTS en voulant rester à la tribu à ne rien faire, et puis, maintenant, un bébé de père inconnu ! Et puis quoi encore ? Tu veux la honte sur notre famille, c'est ça ? Mais qu'est-ce qui ne va pas chez toi ? Dis-moi, bon sang ! Qu'est-ce que tu fais de l'éducation qu'on s'évertue à te donner, ton père et moi ?

Jeannette hurlait parce qu'elle était désemparée. Elle pensait à la réaction des gens de la tribu quand ils apprendraient la nouvelle. Ils allaient sûrement jaser, ils demanderaient le nom du papa, et le plus frustrant dans tout ça, c'est qu'elle n'en savait rien. Elle ne comprenait pas pourquoi, depuis quelques années, elle avait perdu la confiance de sa fille. Leur relation était devenue conflictuelle bien avant la mort de Joyce. Rose se montrait souvent rebelle et, à la moindre remarque, elle lui lançait des regards noirs emplis de dédain. Cela exaspérait Jeannette qui faisait son possible pour reconstruire leur complicité, mais Rose avait érigé un mur entre elles.

Qu'elle parle ou qu'elle hurle, Rose avait pris l'habitude de ne plus l'écouter. Ça rentrait par une oreille et ça ressortait de l'autre. Rose ne supportait plus ses leçons de morale. Une morale que sa mère appliquait à sa manière.

« Regarde-toi d'abord dans un miroir, maman ! » pensait-elle farouchement. Bien des fois, elle avait été sur le point de lui crier ses quatre vérités, mais elle avait toujours refoulé ce désir par respect pour son père. Il était si gentil ! Il ne méritait pas qu'elle déclenche un scandale.

Rose alla s'enfermer dans sa chambre, s'allongea sur son lit et toucha son ventre dans tous les sens. Il fallait qu'elle digère cette nouvelle.

Elle voulait déjà sentir cette vie qui était en elle. Se palpant de ses doigts maigres, elle tenta de ressentir un mouvement, même infime, qui lui aurait prouvé son état. Des images confuses défilèrent dans sa tête. Elle imaginait le bébé qui pleurait, elle se voyait changer ses couches, les yeux cernés par ses nuits blanches, les cheveux négligés. Elle se voyait moche et grosse, traînant à la tribu avec une poussette, regardant les autres jeunes filles de sa génération jouer au volley tandis qu'elle restait sur la touche. Elle n'entendait que des pleurs incessants et se disait qu'elle ne serait pas à la hauteur, qu'elle n'était pas prête à vivre ça. Elle s'imaginait un calvaire qu'elle devrait trimballer toute sa vie, enterrant définitivement sa jeunesse et son espoir de reprendre ses études. Elle serait maman sans notice d'explication. Elle avait envie de pleurer rien qu'à y penser, rien qu'à regarder ce misérable plafond qui avait l'air de se moquer d'elle et de ses soucis.

Puis elle se surprit à sourire en repensant au visage de Ludo et à la douceur de sa voix. Elle l'aimait intensément et il y avait à présent une partie de lui dans son corps, tout comme son prénom qui était gravé à jamais en elle. Ils étaient liés pour toujours. À la différence des autres filles qu'il avait fréquentées, Rose était la seule à porter son enfant. Elle se complaisait dans cette idée, se sentait soudain importante tandis que sa vie lui semblait moins minable. C'était décidé, Rose élèverait ce bébé, fruit de son amour, et elle lui donnerait toute sa tendresse. Pour ce qui était du père, elle lui concoctait une revanche amère, celle de ne rien lui révéler. Puisqu'il voulait tourner la page, qu'il reste avec sa maudite Bretonne. De toute façon, cette Blanche ne voyait sans doute en lui qu'un fruit exotique, tout droit sorti d'une carte postale. Quand elle en serait lassée, elle le jetterait, comme il l'avait jetée, elle.

Rose ne voulait plus rien savoir de Ludo. Elle le maudissait et s'accrochait désormais à ce petit être qui grandissait en elle et qui donnait un nouveau souffle à sa vie.

Elle était heureuse.

Contrairement à sa femme, Robert fut heureux d'apprendre la nouvelle de la grossesse qu'il ne voyait pas comme un déshonneur, mais comme un véritable bonheur, un cadeau venu du ciel. « Ahnahna qathei Akötresieti[10] ! » disait-il avec sa douceur habituelle.

> *Eje nodei morow, eje nodei morow*
> *hnahneon ore awe.*
>
> « Nodei morow », Black Pearl.

Son père, elle l'aimait tellement ! Il était si gentil, si délicat et si attentionné ! Rien à voir avec sa mère, cette femme froide et hautaine. Quand son mois de retraite fut versé, Robert s'empressa d'acheter une poussette et un porte bébé. Il s'imaginait déjà être

---

10 C'est un cadeau du Seigneur.

l'heureux grand-père d'un petit garçon. Il se voyait le porter, le dorloter et s'occuper de lui durant les nuits où sa jeune mère serait fatiguée. Robert faisait sentir à sa fille qu'il serait là pour la soutenir et qu'elle ne serait pas seule. Il avait hâte que le bébé vienne au monde. Les deux enfants de Joyce, qui avaient vécu avec eux quelque temps après le deuil, étaient désormais partis vivre avec leur père à Nouméa. La maison à la tribu était bien vide sans eux. Ce bébé tombait à pic, il serait leur petite lumière.

Wathu hulolia ezien co yewe ci kaie kei lene,
lene la waruma.

« Wathu hulolia », Seredridr.

Chaque jour, Rose caressait son ventre de ses deux mains. Petit à petit, elle se surprenait à apprécier les joies de la grossesse. Elle avait la chance de porter une vie et cela lui semblait formidable. Elle éprouvait un bonheur inexplicable dont seules les mères peuvent connaître la profondeur. Rose savait qu'élever un enfant serait compliqué, mais elle était prête à tout assumer jusqu'au bout. Elle repensait à sa grande sœur Joyce, quand elle avait accouché de son deuxième enfant, sur son lit d'hôpital. Son visage était terrassé par la fatigue, mais dans ses yeux se lisait une immense joie d'être maman.

« Joyce, j'aurais tellement voulu que tu sois là pour me conseiller et me guider ! Que ça soit une fille ou un garçon, je l'appellerai comme toi » se disait-elle avec mélancolie. Il lui était douloureux d'entrevoir le visage de sa sœur par la pensée et de ne pas pouvoir l'étreindre dans la réalité. Parfois surgissait cet autre visage qu'elle avait tant aimé et qui était dans les bras d'une autre. Elle avancerait sans lui. Son amour était si grand qu'elle le partagerait désormais avec le petit rayon de soleil qui grandissait dans son ventre. Les moments d'échange avec son père, à propos de la Bible, lui redonnaient confiance et lui procuraient une paix intérieure. Elle croyait finalement en ce grand amour invisible venu du ciel.

Un soir, pourtant, Rose courut vers le salon en pleine panique, afin d'y retrouver ses parents. Elle ne comprenait pas ce qui lui arrivait. Elle saignait beaucoup et éprouvait une vive douleur dans le bas du dos. En contemplant le regard inquiet de sa mère, elle pressentit que quelque chose d'horrible était en train d'arriver.

— Non, non ! Ce n'est pas possible ! Je ne veux pas le perdre ! NON ! hurla-t-elle.

Elle prit fermement son ventre entre ses deux mains et ne voulut plus le lâcher.

À l'hôpital, le médecin de garde lui dit qu'elle avait fait une fausse couche. Des flots de larmes jaillirent de ses yeux et tout devint noir. Rose ressentait encore une fois cette douleur qui l'avait habitée autant de fois. Elle tenta d'expirer cette rage qui la consumait. En vain.

« Ça veut dire quoi, cette fausse couche ? Que tout était faux ? Que mon bébé n'était pas vrai ?

Que mon amour pour Ludo n'était pas vrai ? » se lamenta-t-elle.

Désormais, plus rien ne comptait. Son père pouvait aller se faire voir avec ses prières ! Et sa mère aussi !

Ce fut le début de sa descente aux enfers. Rose ne croyait plus en rien. Tout ce qu'elle savait, c'est qu'elle ne voulait plus jamais souffrir ni pleurer. C'était terminé.

Elle se mit à boire et à mener sa vie comme bon lui semblait. Dans la semaine, elle continua tant bien que mal à aider ses parents dans les champs. Mais les week-ends, elle se noyait dans l'alcool et le cannabis, espérant asphyxier la maudite réalité qui l'avait brisée. Alors, elle riait, et se laissait aller à ses délires. Ses pensées devenaient floues et les trous noirs où sombrait son esprit absorbaient les images du passé. Ainsi, elle ne pleurait plus, elle se sentait forte. Et quand cela ne suffisait pas, elle se consolait dans les bras du premier garçon venu. Gilles, Ben, Sam, Loïc et d'autres encore, dont elle ne gardait aucun souvenir. C'était sans importance.

Avec sa cousine Lisa et d'autres jeunes de la tribu, elle s'éclatait dans toutes les fêtes de l'île, défiant les autorités qui osaient critiquer son comportement. À eux tous, ils formaient une génération de rebelles dénigrant la parole des aînés, y compris de leurs parents. Dans les kermesses de l'île, leur bande faisait des ravages et montrait ouvertement leur esprit je-m'en-foutiste.

Ke tha ne kö ni atre lo itre hna amekötin

Ke tha ne kö ni melën lo itre hna wathebon

Ke tha ne kö ni xouen lo itre hna ahmetrötrën.

« Ke ame ni ka mo », Djunya.

L'insolence de Rose grandissait de jour en jour sous le regard impuissant de ses parents. Encore une fois, Rose n'était pas rentrée depuis vendredi. « Encore à traîner avec sa bande » grogna sa mère avec mépris. Robert ne fit pas attention à la remarque de sa femme, il alla, comme à son habitude, poser un papier dans la chambre de sa fille.

— J'espère que tu lui laisses son billet d'avion pour qu'elle aille rejoindre ses vrais parents à Nouméa ! J'en ai marre de cette gamine, elle nous cause que des ennuis ! Les gens parlent, elle fait n'importe quoi ! Odette m'a dit qu'elle l'avait vue complètement ivre à la kermesse ! s'écria-t-elle exaspérée.

Pour la première fois, Robert affronta sa femme et la força à le regarder droit dans ses yeux emplis de colère et de tristesse.

— Jeannette, que Dieu te pardonne pour ce que tu viens de dire ! Rose est notre fille et elle le restera toujours. Peu importe si elle a été adoptée, elle vient de ma chair, c'est l'enfant de ma sœur et je l'ai élevée comme ma propre fille. C'est notre petite fleur ! Je ne veux plus t'entendre parler de cette manière, tu m'as bien compris ? Elle a besoin qu'on l'aide ! dit-il avec fermeté.

Jeannette se mit à pleurer, regrettant amèrement ses mauvaises paroles. Elle était à bout et ne pensait pas ce qu'elle disait. Rose était son enfant. Elle désirait seulement la revoir comme autrefois, à l'époque où elles étaient si proches.

Eka eö neköng ? Hnime ju la treijeng

Eni a aja hmunë, canga saqe jë

Matre mano ju ni hna latresi

Kölöhini eö neköng, ma bëekejë.

« Kölöhini eö neköng »,

Album des 150 ans de l'Église catholique.

Avant de partir au champ, Robert et Jeannette prièrent intensément, comme tous les jours, pour que rien n'arrive à leur fille.

Pendant que ses parents s'inquiétaient pour elle, Rose était à la kermesse. Elle avait voulu le revoir. Cela faisait deux ans que son visage hantait sa mémoire. Elle avait besoin d'affronter son regard, juste pour savoir si sa vie changerait, si elle continuerait à l'aimer. Mais Ludo était venu avec sa Bretonne. Il l'avait ramenée au pays pour la présenter à sa famille. Sur le podium, il était radieux, vivant enfin de sa plus grande passion : la musique. Il était désormais un artiste comblé qui faisait rêver les gens avec ses chansons engagées. Rien à voir avec ses chansons romantiques d'autrefois, à l'eau de Rose. Il avait beaucoup changé, Rose non.

Elle n'arrivait pas à rêver comme les autres, sa réalité lui collait fortement à sa peau : sans Joyce, sans amour, sans enfant, sans diplôme et avec une vie de merde où elle n'enchaînait que des bêtises. Deux ans que ça durait. À présent elle souhaitait que la situation change, elle était épuisée.

En compagnie de Lisa, elle fit du pouce pour rentrer à la tribu. Elles se quittèrent dans la transversale[11], après avoir échangé quelques anecdotes salaces sur leur soirée de la veille. Sur le chemin, Rose se mit un manou sur la tête afin de cacher son visage. Depuis ses nombreuses bêtises, elle était l'objet des médisances de ses tantes et de ses belles sœurs.

Eni a qaja koi eö thele jë melei eö
Wanga luzi pi eö hnei thina ka ngazo
Thele jë la mel.

« Thele jë la mel », Lavaley.

Elle pressa le pas pour ne pas être vue, surtout après le scandale qu'elle avait fait la veille sur la piste de danse. Elle passa sous le grand banian qui jouxtait le chemin, jetant un regard noir aux oiseaux du matin qui dévoilaient sa présence. Elle marchait d'un pas décidé pour rejoindre sa maison, se disant que c'était le bon jour.

---

11 Transversale : route en terre ou recouverte de calcaire qui se distingue de la route principale.

Dans sa chambre, elle retira nerveusement le manou de sa tête et découvrit ses longues tresses. Face au miroir de son armoire, elle ne reconnut pas son visage, abîmé par l'alcool, le pétard et le laisser-aller des deux dernières années. Sa beauté s'était envolée. Elle ne voyait que l'énorme suçon violet qui ornait sa joue droite, et d'autres, sur son cou, qui formaient une sorte de collier disproportionné et grotesque, douloureux qui plus est.

Rose ne se souvenait pas de sa soirée avec Ben, seulement de ses gémissements qui avaient percé la nuit. Pour la première fois, elle se sentit répugnante, moche et inutile. Épuisée par sa vie de débauche, elle avait envie de faire disparaître toute la saleté qui était en elle, ses horribles souvenirs, ce nom gravé sur sa poitrine, jusqu'à l'horrible goût de whisky qui engluait sa bouche.

Il suffisait d'un nœud et tout serait fini.

Ne plus faire semblant. Mettre fin à la comédie et abréger la souffrance de ses parents. Rose se dit qu'elle ne méritait pas d'être leur enfant. Elle avait fait trop de conneries, sali leur image et jeté leur éducation à la poubelle. Elle était une véritable peste, presque une pute. Elle ne méritait pas leur pardon. Elle devait s'en aller et les laisser en paix, voilà tout.

Sous le lit, Rose avait caché la corde qui servait à attacher le chien lorsqu'ils allaient aux champs. C'était le bon moment pour l'utiliser et attacher à jamais la vie de chienne qu'elle avait menée. Elle ne voulait pas réfléchir davantage. Elle ne voulait pas verser de larmes, ressentir des regrets ou de la tristesse. Elle voulait seulement quitter ce monde. Cela se ferait sous le manguier, derrière la maison. Elle savait que ses parents resteraient au champ toute la journée et que personne ne la verrait. Elle n'avait pas envie de faire ses adieux, pas le temps d'écrire un mot. Elle était trop pressée de partir. Et pour rien au monde, elle ne voulait que quelqu'un l'empêche d'accomplir ce qu'elle avait décidé. Il fallait qu'elle fasse ça vite.

Accroupie au bord du lit, elle attrapa fermement la corde de sa main gauche, puis se releva en appuyant sa main droite sur sa table de chevet. Un bout de papier se colla sur sa paume poussiéreuse. En l'examinant, Rose reconnut une écriture familière qui la fit trembler de tout son corps. Les mots qui figuraient sur le papier lui allèrent droit au cœur, et elle fut profondément touchée par leur grâce.

C'est le diable qui cherche toujours à nous condamner, et à nous lier à notre péché ! Dieu, lui, nous pardonne nos fautes, il nous en libère, et il ne s'en souviendra plus jamais.

Hébreux 10–17.

Comme à son habitude, son père lui avait laissé le verset du jour sur sa table de chevet. Des larmes incontrôlables jaillirent de ses yeux. Même son nez se mit à couler, et son visage se crispa de douleur et de regrets. Elle repensa à sa vie qu'elle avait décidé d'achever sans tenir compte de ce qu'en penseraient ses proches. Le sourire imperturbable de Joyce la fixait depuis la table de chevet et accentuait ses remords. Rose prit la photo de sa sœur et la serra fortement contre sa poitrine.

— Pardon ! Pardon ! se lamenta-t-elle, désespérée.

À présent, elle revoyait le visage de Joyce lors de ses derniers jours à l'hôpital. Sa sœur s'était agrippée de toutes ses forces à la vie. Elle ne voulait pas partir, elle voulait absolument vivre, pour son mari et pour ses deux enfants.

« Et moi, comme une conne, je ne pense qu'à moi ! Je veux me suicider, alors qu'il y en a qui ne veulent pas mourir ! »

Rose ne cessait de pleurer. Comment avait-elle pu tomber si bas ? Comment avait-elle pu se laisser gagner par la faiblesse ? Elle repensa à ses parents qui avaient tant essayé de la remettre sur le droit chemin. Elle s'en voulait terriblement d'avoir dénigré leurs paroles sages.

Kakati me nenë

Epon la koronang

Atre hamën la mel

Atre amingömingöni ni

Pexej la meleng ezi nyipë me eapo.

« Mery », Ok ryos.

Elle apercevait des fragments de sa jeune vie défiler dans ses pensées : l'adultère de sa mère, la mort de Joyce, la rupture avec Ludo, la perte du bébé. Rose avait passé son temps à haïr sa mère en silence, au lieu de communiquer avec elle pour obtenir des réponses à ses questions. La douleur de la perte de Joyce avait été étouffée dans les bras de Ludo, le chagrin d'amour avait été remplacé par l'affection pour le bébé, et quand le petit être était parti, elle s'était noyée dans l'alcool, le cannabis et des parties de plaisir éphémère. Sans cesse, Rose avait tenté d'ignorer sa douleur au lieu de l'accepter.

Elle avait manqué de courage. À présent, devant la photo de Joyce, elle comprenait que chaque personne avait son lot de problèmes et qu'elle n'était pas la seule à souffrir sur la terre. Peut-être même que sa misère n'était rien comparée à celle des autres. La douleur, les trahisons et les chagrins d'amour font partie de la vie et elle devait l'accepter.

Dans sa chambre minuscule, Rose comprit enfin qu'elle n'avait jamais été seule. Ses parents avaient toujours été présents, dans ses hauts comme ses bas, y compris à travers cette force invisible qui venait de lui sauver la vie. Cette lumière venue du ciel pour la faire renaître. Son père avait donc raison, l'amour divin était sans limites.

La vie était belle et précieuse, et elle se devait de voir la vie en rose, si elle voulait cesser de broyer du noir.

Il y aura tant de choses à découvrir

Et parfois le doute te fera faillir

Mais chaque erreur permet de se construire

Comme quoi, la vie est faite du bon comme du pire

Ce chemin, tu l'emprunteras en solitaire

Nous serons là, père, mère, sœur et frère

Du plus profond du réel, de l'imaginaire,

Au lieu caché de ces terres et de cette mer.

« Petit d'homme », Ekoten.

Zéro Faute

Patrick Génin

Je l'avais pris en amitié, si tant est qu'on puisse parler d'amitié avec un débile mental ; l'amitié demande un tant soit peu de réciprocité, non ? Alors ? De la pitié ? Il ne semblait pas si malheureux, et d'ailleurs, j'ai chassé ce sentiment poisseux de mon registre quand j'ai abandonné la fréquentation des églises. De l'attention, tout simplement, l'intérêt minimum que chaque humain devrait porter à ses semblables.

À mon arrivée à Lifou, j'étais apparemment le seul à percevoir sa silhouette pourtant gigantesque, à risquer ma main dans sa paluche adhésive, à braver son baragouin énigmatique et postillonneux.

Sa déambulation têtue, familière le long des routes, semblait transparente aux yeux des autres habitants de l'île. Le miracle de sa survie attestait pourtant que le bonhomme n'était pas un spectre invisible pour le commun des mortels : les automobilistes ne l'avaient-ils pas toujours évité, malgré ses embardées imprévisibles, alors que l'on déplore chez nous un quota annuel incompressible de victimes piétonnes ? Ces milliers d'heures de vagabondage louvoyant défiaient les statistiques qui affirment — les joueurs et les assureurs le savent — qu'un événement, même rare, finit toujours, un jour ou l'autre, par se produire.

Et que dire des distances énormes qu'il parcourait ? C'était bien lui que j'avais vu bringuebaler à Joking ce lundi, c'était encore lui que j'avais évité à Mou, in extremis, le mardi, et toujours lui qui ignorait superbement le petit signe amical que je lui faisais à Wé, ce mercredi. Sauf à lui prêter des dons d'ubiquité ou des capacités de marathonien, il fallait bien qu'il ait été vu et recueilli dans la benne de quelque conducteur de pick-up charitable ou... farceur.

De même qu'il devait y avoir, pour entretenir sa grande carcasse, quelque bon Samaritain glissant régulièrement un sandwich dans l'immuable sac de raphia qu'il portait en bandoulière, et quelque Saint Martin recyclant un vieux tee-shirt qui finirait, décoloré, sur ses épaules de bûcheron.

Malgré les kilomètres parcourus, je l'avais toujours vu nu-pieds. Au demeurant, aurait-il pu exister un cordonnier assez adroit pour confectionner — forcément sur mesure — des croquenots capables d'emballer ses énormes panards rectangulaires aux orteils atrophiés ? Quant à son odeur, elle était... supportable, témoignant d'un récurage, au moins épisodique. La mer n'était pas sur son chemin habituel, il n'y a pas de rivières sur notre île et les trous d'eau sont d'accès difficile. Il fallait donc qu'il trouvât de temps à autre un robinet disponible. Enfin, des rares paroles que j'arrivais à déchiffrer dans son discours embrouillé, il ressortait toujours le mot *sixa* (cigarette). Ses chicots jaunis et ses lèvres écorchées indiquaient qu'il trouvait largement matière à satisfaire son addiction. Tous ces indices semblaient prouver l'existence d'un réseau fraternel et discret de citoyens qui subvenaient à ses besoins élémentaires. Indécrottable rousseauiste, j'admirais la merveilleuse solidarité tribale, et la tolérance exemplaire des sociétés océaniennes pour les marginaux.

J'étais rassuré sur son sort, mon « copain » avait une espérance de vie proche de celle du fumeur moyen.

J'ai fini par m'habituer comme tout le monde à sa présence dans le paysage. Était-ce ce matin que je lui avais glissé mon paquet de cigarettes entamé dans son sac ? Non, plutôt la semaine dernière. Tiens, c'était devant la mairie ! D'ailleurs, c'était un curieux cadeau de la part d'un médecin, il était temps que j'arrête de fumer pour montrer le bon exemple !

Ah oui, je ne vous ai pas dit, je suis médecin, installé depuis vingt-cinq ans sur cette petite île du Pacifique où je suis censé propager la bonne parole de la prévention et où je refile pourtant subrepticement des beignets graisseux bourrés de mauvais cholestérol aux vagabonds.

Mais celui-là, même s'il s'empoisonnait de malbouffe avec la complicité d'un médecin démagogue, il marchait, marchait, marchait, sans fatigue apparente, suivant et surpassant au-delà de toute espérance, mes recommandations hygiénistes.

On l'appelait « Zéro Faute ». J'ai mis un certain temps à savoir pourquoi. La version donnée par les vieux était la suivante : il avait été un élève brillant, fier de ses devoirs d'école irréprochables.

Et puis, qu'était-il arrivé ? Maladie encéphalique ? Accident ? Schizophrénie ? Aucune mémoire vivante, aucun dossier poussiéreux exhumé des archives n'avait pu me le révéler. Jamais, au cours de ses inlassables pérégrinations, je n'avais pu faire une anamnèse lors d'une escale au cabinet, jamais une âme charitable ne l'avait guidé chez moi pour le moindre furoncle ou la plus petite blessure.

Un après-midi pourtant, un couple avait pris rendez-vous. Lui, portait bien ses soixante-dix ans, il sentait le propre. Il m'a dit bonjour en triturant, intimidé, une casquette de marin. C'était bien la première fois qu'on se découvrait en entrant chez moi.

Elle, un peu plus jeune, a gardé son élégant chapeau de paille sur des cheveux rougeâtres et défrisés. Ils m'ont fait penser aux malades endimanchés et révérencieux qui venaient me voir en Normandie dans mes débuts de médecin de campagne.

Je m'attendais donc, par analogie, à une visite mûrie de longue date pour une maladie douloureuse déjà évoluée.

— Nous ne sommes pas venus pour nous, m'a détrompé le monsieur en toussotant.

— C'est pour Louis, m'a précisé la dame devant mon regard interrogatif.

— Wamo ! a ajouté le vieux, en quêtant une approbation.

Je les ai déçus.

— Je ne vois pas.

— Wamo K., tout le monde le connaît ! s'est exclamée la vieille.

— Navré, ça ne me dit rien.

— Zéro Faute ! a finit par lâcher le vieil homme à regret.

— Ah ! Zéro Faute ! je ne connaissais pas son vrai nom. Il est malade ?

— Oui, il est très malade, vous le savez bien.

Il était un peu fâché.

— Je voulais dire, en plus de... son goût des voyages.

Mon humour n'est pas passé.

— Oui, justement, ses voyages, comme vous dites, ça ne peut plus durer !

— Au moins, ça ne fait de mal à personne, ai-je plaisanté sottement.

— Ça fait du mal à lui ! s'est indignée la vieille sous des sourcils réprobateurs.

— La marche, c'est bon pour la santé, ai-je récité tout sourire.

— Oui, mais pour Wamo, c'est dangereux ! Il va se faire renverser par une voiture, un jour !

— Il faut croire qu'il y a un dieu pour les gens comme lui, ai-je soupiré sur un ton fataliste.

Décidément, je n'étais pas bon. Ces deux-là me mettaient mal à l'aise.

— C'est nous qui sommes responsables de lui, c'est notre neveu, a continué le vieux monsieur.

— Mais qu'est-ce que vous attendez de moi ?

Je commençais à comprendre la finalité de leur démarche et je ne pouvais pas retenir un peu d'agacement dans ma voix. Il y a eu un silence et puis le vieux a repris ses toussotements et a confirmé :

— Ben, on a pensé qu'il doit aller à Nouville.

Nouville, c'est l'hôpital psychiatrique qui a pris, comme la prison, la place de l'ancien bagne.

— Mais Zéro Faute... enfin, Wamo, il va être très malheureux là-bas, ai-je argumenté.

Visiblement, il n'était pas concevable pour eux qu'un débile pût avoir des sentiments, et encore moins être malheureux. Il m'a fallu trouver d'autres arguments dont le plus décisif fut que les places pour les chroniques à Nouville étaient rares, ces patients peu gratifiants pour les soignants étaient accueillis au compte-gouttes. J'ai fini par abréger la consultation. Décidément, ces vieux qui remettaient en cause l'idyllique fraternité océanienne étaient des égoïstes bien déprimants, vraiment !

Je ne les ai pas revus pendant un an. Zéro Faute, d'après mes calculs, avait sans doute parcouru sept mille deux cents kilomètres entre-temps. Il devait donc avoir bouclé une distance équivalente à trois ou quatre fois le tour de la planète au cours de sa carrière de marcheur.

Cette deuxième offensive, sans doute mieux préparée, a été plus convaincante. Ils ont fait valoir que s'occuper de Zéro Faute était devenu au-dessus de leurs forces déclinantes. À nouveau, j'ai objecté que notre Forrest Gump local ne supporterait pas l'exil, que sans ses repères, son état empirerait. J'ai minimisé leur charge : ils s'occupaient de lui, certes, mais visiblement, pas à temps plein. On le voyait quand même beaucoup en plein air. Quant à la nourriture, d'autres aussi y pourvoyaient, à commencer par moi : « Tenez, ce matin encore, je lui ai donné un sandwich qu'il a dévoré à pleines dents. Il faut dire qu'il se dépense, il fait de l'exercice cet homme ! »

Ils ont pleurniché une nouvelle fois sur leur responsabilité et sur leur angoisse quand il disparaissait plusieurs jours de suite. Et puis, il y avait la peur du qu'en-dira-t-on, m'ont-ils avoué. Cet argument honnête qui m'aurait fait bondir quelques années auparavant m'a semblé finalement respectable, tant j'avais pu mesurer son importance dans nos petits villages où chacun fait de la surenchère dans le dévouement ostensible vis-à-vis de ses vieux. Je les ai raccompagnés à la porte en leur promettant que je me renseignerai sur les lits disponibles.

« Alors docteur, vous avez trouvé une place ? » Six mois avaient passé. Lui, m'a semblé un peu plus voûté, elle, n'avait plus sa teinture. Peut-être leur fatigue était-elle un peu surjouée, ai-je pensé. Je leur ai avoué la vérité : voyant mal mon vagabond céleste dans l'enfer de Nouville, j'avais remis les démarches à plus tard, et puis j'avais oublié.

Ils avaient l'air plus misérables que la fois précédente. Je me suis excusé comme j'ai pu et j'ai promis de me renseigner sans retard.

Je m'attendais à la réponse de Philippe. Mon copain connaissait Zéro Faute et n'avait jamais cru nécessaire d'intervenir au cours de ses vacations de psychiatre sur l'île.

— Enfin, tu vois Zéro Faute à l'hôpital psychiatrique ? Tu veux sa mort ou quoi ?

J'ai bredouillé :

— Non, je l'aime bien, mais justement, il semble que ce soit devenu dangereux pour lui.

— Écoute, c'est un problème de sécurité routière, ton truc, c'est pas un problème médical. Téléphone aux flics !

— Mais, c'est deux pauvres vieux qui s'occupent de lui, ils n'en peuvent plus, ai-je argumenté en pensant au couple qui ne manquerait pas de me harceler encore et encore...

Il a enfoncé le clou :

— Et la merveilleuse solidarité coutumière avec laquelle tu m'as bassiné ? Tu es en train de la saper, mine de rien !

Je peinais dans mon rôle d'avocat du diable, j'ai fait piteusement machine arrière.

— OK, tu as raison, je vais essayer de les convaincre, ai-je capitulé. Sa place est à Lifou.

— Essaie de voir si les vieux parents ne peuvent pas se faire aider.

Quelques semaines plus tard, ils sont venus aux nouvelles avec leur sempiternel :

— Alors, docteur, vous avez trouvé une place ?

— J'ai parlé avec mon copain médecin-chef à l'hôpital psychiatrique de Nouville. Il connaît bien votre neveu et il est d'accord avec moi, sa place n'est pas à l'hôpital. À nous de trouver d'autres personnes pour vous aider à vous occuper de lui.

— Mais, docteur, il n'a plus de famille, à part nous.

— Il a bien des relations éloignées dans l'île. On va essayer ensemble de les répertorier pour être sûr qu'il trouve un toit et à manger un peu partout, des sortes de gîtes d'étape, quoi !

— La vie à Lifou, c'est plus comme avant, a objecté le vieux. Les gens, ils travaillent, il y a plus l'entraide. Les Lifou, ils veulent de l'argent, c'est plus comme avant.

— C'est plus comme avant, a insisté la vieille.

— Mais votre neveu n'a pas beaucoup de besoins. Il suffit de quelques personnes dispersées qui s'assurent qu'il ne meure pas de faim, qui mettent un robinet à sa disposition, qui le mettent à l'abri en cas de mauvais temps. Ça ne devrait pas être impossible.

Ils m'ont regardé, dubitatifs et déçus.

— Mais c'est dangereux pour lui, docteur, il y a de plus en plus de voitures à Lifou, les jeunes, ils vont vite, ils sont souvent soûls.

— Écoutez, mon copain n'a pas complètement fermé la porte, mais les places sont rares, il m'a conseillé de trouver une solution ici, dans son milieu. Je vous propose de discuter avec d'autres personnes dans le plus de tribus possible, qu'on ait des référents, des sentinelles qui sachent où il se trouve, qu'on soit sûr qu'il est nourri et pas sous la pluie. De votre côté, essayez de trouver des gens de bonne volonté.

Ils m'ont quitté avec un air de commisération. Mon angélisme leur semblait sans doute incurable.

L'opiniâtreté est payante, ils ont fini par m'avoir. Et s'ils avaient raison ? Un enfant n'avait-il pas été renversé encore la semaine dernière sur la grande ligne droite de Kumo ?

Je me suis montré plus convaincant avec Philippe lors de sa vacation suivante.

— Tu as une place pour mon pèlerin ?

— C'est toi qui es sur le terrain, si tu crois qu'on doit le prendre, on va se serrer un peu ! a-t-il capitulé à son tour.

Par la suite, j'ai pensé à mon « copain », souvent.

Puis de temps en temps.

Au début, c'était comme un tableau que votre conjoint a déplacé dans la maison sans vous en parler. On ressent un malaise, on ne sait pas pourquoi. Un sentiment d'étrangeté vous prend, quelque chose a changé. Et puis, tout d'un coup, on ne voit plus qu'elle, cette trace d'une autre couleur sur le papier peint. Mais le rectangle plus foncé a fini par pâlir et par s'estomper.

La vie a continué.

Jusqu'à leur visite, trois mois plus tard.

La vieille avait toujours son élégant chapeau de paille d'où s'échappaient des frisures maintenant bleutées. Elle m'a semblé encore plus majestueuse. Le vieux avait la même crinière blanche. Il a déposé calmement la casquette de marin sur ses genoux.

Ils étaient venus pour eux. J'ai pour règle d'attendre que mes patients expriment d'abord leurs doléances. Les questions qui me brûlaient les lèvres sur la vie de Zéro Faute à l'hôpital viendraient après. Malgré leur âge, leurs antécédents étaient pauvres :

microbes chétifs, arthrose banale, pipis capricieux chez lui, digestions laborieuses et sommeil difficile pour elle. Des tensions artérielles qu'on pourrait certainement maîtriser par un régime peu salé, des battements cardiaques qui n'avaient pas l'air de vouloir s'arrêter avant un temps raisonnable. Bref, rien de bien palpitant pour un généraliste. Ils voulaient être rassurés. « Pas trop de sucre, pas trop de sel, pas trop de graisses, une demi-heure de marche par jour », ai-je récité.

— Comme ils disent à la télé, alors ? Y a pas besoin de médicaments ? m'a demandé la vieille, déçue.

— Quand vous serez vieux, peut-être, mais pour le moment cela vous ferait plus de mal que de bien.

Je leur ai conseillé le vaccin annuel contre la grippe. Nous avions fait le tour.

— Au fait, ai-je enfin demandé, comme si je m'en souvenais tout d'un coup, Zéro Faute, vous avez des nouvelles ?

Ils m'ont regardé avec étonnement, mais sans tristesse apparente.

— Vous n'êtes pas au courant ?

— Non ! Il a arrêté de marcher ? ai-je voulu plaisanter.

— Il s'est fait écraser par une voiture une semaine après son arrivée à Nouville. Vous ne pensez pas qu'il faudrait qu'on porte plainte contre l'hôpital ?

Je suis née sous la pluie

Nicolas Kurtovitch

> Hier tout était plus beau
> La musique dans les arbres
> Le vent dans mes cheveux
> Et dans tes mains tendues
>
> Le soleil[12]

— Je suis née sous la pluie, a dit Ielö.

— Tu es née à l'abri de la pluie. Mais oui, effectivement il pleuvait ce jour-là. Ensuite, nous avons dû partir. Quelques années plus tard, trois pour être exact, a répondu J.

— Lorsqu'ils nous ont mis à la porte de l'île.

— Une porte ? Plutôt un aéroport.

— Si tu veux. En quelque sorte, c'est à peu près cela. Nous voulions rester.

— Nous *espérions* rester, plus exactement, a dit J.

---

12 Agota Kristof, *Hier*, Le Seuil, 1995.

Il fallait toujours que J. soit précis, le mot exact, l'expression la plus adéquate, le jour et la date les plus justes, jusqu'à reprendre une phrase avec le ton et l'intention qu'il pensait avoir été celui et celle de nos interlocuteurs. Mais il est ainsi avec naturel, ce qui exclut tout agacement et lui confère un charme certain. Mon frère, se dit souvent Ielö, est un être aimable.

— Nous ne pouvions pas rester, n'est-ce pas, J. ?

— Comment cela aurait-il était possible ? On ne voulait plus de nous. C'est ce qu'Ils nous ont dit au moment du départ. Peut-être pas de nous précisément, mais il fallait un exutoire à certains d'entre eux. Quant à ceux qui avaient une autre conception des rapports humains, ils ne pouvaient que se taire. Nous sommes si peu, si faibles, lorsque la loi devient celle de la force brutale.

J. n'ajouta rien.

Il avait le sentiment d'avoir quitté le paradis, l'espace de sa plus grande liberté, le temps jamais borné, la disponibilité entière du monde. Pour lui, là-bas avait été le théâtre de son épopée sublime. Là-bas avait rendu possible, avait créée même, l'épopée indescriptible de sa prime jeunesse. Indescriptible, car il lui avait fallu devenir adulte avant de connaître les mots capables de la raconter. Ce n'est donc que plus tard, ailleurs, que j'ai su. La révélation a été faite par un beau matin, au coin d'une table, au hasard d'une phrase parmi d'autres, alors que nous parlions de ces lointaines années, de ces lointains amis, perdus de vue pour la plupart. La plupart seulement, pas tous.

Quant à moi, je n'ai gardé que bien peu de tout cela en mémoire. Je n'ai que la simplicité de l'amour inconditionnel prodigué par toutes les personnes qui m'entouraient alors. Nënë d'abord qui, chaque matin, m'accueillait avec un bol de lait, après que j'ai couru toute nue de chez nous à chez elle. Puis Iélö la Grande, qui ne posait ni question ni interdit, car tout avait naturellement sa place dans ma vie, et donc dans la sienne. Puis Eux, qui ne me quittaient jamais, même lorsqu'ils étaient, par la force des obligations, absents, parfois la journée entière. Les arbres, les rochers, la terre poussée en poussière par le vent, les petits animaux n'ont jamais été bien importants pour moi. Tout à l'opposé de J. qui vivait en parfaite symbiose avec cette nature, quitte à chasser les poules et nous dire aujourd'hui, qu'il en faisait, par la force de Leurs absences, son dîner !

— Qu'en est-il lorsque nous revenons ? a demandé Iélö.

— Lorsque nous y retournons, a précisé J.

— Oui, bon, qu'en est-il ? Dis-moi !

Il met du temps à répondre et parfois il ne dit rien, se tait, continue de se taire, et dit qu'on a tout oublié et qu'on ne peut comprendre vraiment ce qui est arrivé.

— Il faudrait, dit-il, bien se souvenir. Alors seulement, il serait possible de réfléchir puis de construire une vraie connaissance de l'histoire. Mais comme nous ne nous souvenons pas vraiment, volontairement, n'est-ce pas, ce ne sera jamais possible.

— Mais tu ne réponds pas à ma question.

— Je suis heureux, bien que ne restant jamais longtemps, tout juste quelques jours, trois-quatre nuits tout au plus… C'est une autre île en quelque sorte.

— C'est parce que toi tu es devenu un autre. Nous ne sommes pas ceux que nous étions, enfants. Impossible de percevoir ce monde comme lorsqu'il était aussi le nôtre.

— Je n'ai rien oublié, moi, a dit J. Je suis toujours un peu ici. Je pourrais décrire le déroulé de chacune des milliers de journées que j'ai vécues, je pourrais, de chaque jour, vous peindre les couleurs du ciel et de la mer. Mais à quoi bon ? Et puis, taisons-nous, a-t-il ajouté. N'en disons plus rien.

Il préférait écouter la pluie battre la mesure, à la fois sur le sable de la plage et sur les feuilles des bananiers plantés aux abords de la maison de Iélö la Grande.

Je me suis souvent demandé pourquoi j'aime y retourner. Mes attaches y sont plus enfantines sans doute, exemptes de regrets ou d'incompréhensions. Une sorte de nuage duquel je suis descendue, mais un nuage qui était autant dû à l'île elle-même qu'à la petite enfance. Alors, quand il s'est agi de prendre conscience que tout était terminé, cet abandon fut autant celui de Nënë que celui de l'innocence indépendante du lieu et des personnes. En quelque sorte, je suis plus sereine que J.

— Et Eux ? rétorque J., sont-ils heureux à chaque retour ?

— Ils en font si peu souvent, de retours. Peut-être sur vingt ans, une moyenne d'une fois tous les deux, trois ans, et encore. Elle, elle agit avec conviction, lorsqu'elle y retourne, elle prend l'avion, elle sourit et s'apprête à vivre de belles journées. Car tout cela n'a été et n'est que contingence de la vie, rien d'autre. Elle ne veut permettre à quiconque de briser sa vie, ni même de la modifier. Quant à Lui, rien ne paraît d'une déchirure qui est bien présente, quoi qu'il nous en dise.

— C'est ce que tu crois, me dit J.

Il pense comprendre Leurs sentiments, mieux que personne.

— Et tu as raison, ajoute-t-il.

Notre avion, bien plus grand et plus performant que ceux que nous empruntions à l'époque, commençait sa descente vers la piste d'atterrissage, une piste entourée d'une forêt où, ça et là, se disséminaient de magnifiques jardins, pour le moment encore invisibles et qu'on ne pouvait rejoindre depuis les routes principales qu'en suivant des sentiers à peine dessinés, souvent connus de la seule propriétaire du jardin. Une fois rendu, on avait alors droit à un enchantement !

Il y avait un anniversaire à fêter et Ils étaient invités. Nous étions tous invités, mais on attendait surtout Leurs venues. Ils prendront la parole depuis un podium. Beaucoup de personnes écouteront leur récit. Et à travers ce récit, Ils exprimeront leur pardon.

— Cela sera-t-il suffisant ?

— Ça le sera, me dit J.

Table des matières

Politimar 5

Excès 25

Le drapeau 31

La vie en rose 39

Zéro Faute 73

Je suis née sous la pluie 85

Succession de tableaux émouvants et sensibles de la jeunesse polynésienne, les superbes nouvelles d'Anaïs Moyrand racontent la vie et la mort, les matins bleutés et les nuits sombres, les fêtes, les bonheurs et l'ennui, le soleil rouge dans l'océan mauve, le vertige des soirées de pleine lune, la chaleur étouffante et la pluie, enfin, qui emporte tout.

Sur la plage, elle marche lentement vers eux. Ils sont là, sous un manguier à l'allure ancestrale. Les fumeurs de pakalolo. Habituellement, ils sont trois ou quatre. Aujourd'hui, ils ne sont que deux. Immobiles, accroupis sur le sable, on dirait qu'ils ont toujours été là, qu'ils le seront toujours.

Laissez-vous emporter à bord du *Calvados* pour une inoubliable traversée du Pacifique, dans le Paris misérable du XIXe siècle, au fond d'une cave nouméenne pleine de vieux livres ou sur un îlot perdu du Vanuatu.

Ici et là-bas, jadis ou maintenant... oserez-vous franchir la porte du jardin d'Olga ?

L'imaginaire très libre et le rythme captivant des nouvelles d'André Brial ont valu à l'une des nouvelles de ce recueil le **Prix littéraire Alain Decaux 2019** *dans la section Asie-Pacifique.*

« Bien écrit, bien construit, récit captivant... »
« Nous avons apprécié la fin et le rebondissement. »
« Surprenant, bien écrit, (...) sujet prenant. »
« Bonne construction, fluide, fin originale. »

*I*nitialement paru en 1992, *Le pays du Non-Dit* a connu un énorme succès en librairie et s'est imposé comme un ouvrage de réflexion majeur sur la Nouvelle-Calédonie, son passé, ses blessures et ses voies d'avenir.

Épuisé pendant plus de deux décennies, l'ouvrage n'a pourtant jamais cessé d'être cité et d'alimenter les propos et les débats qui l'ont suivi.

À travers cette réédition, nous sommes heureux de le rendre à nouveau disponible auprès du grand public.

J'ai cru que ma première nuit dans cette pension colombienne serait la dernière de ma vie. Aujourd'hui encore, il m'arrive de me réveiller au milieu de la nuit, hurlant de terreur comme j'ai hurlé cette nuit-là et croyant revoir chaque balafre, chaque tatouage du forcené qui enfonçait la porte de ma chambre. Je ne saurais dire combien de temps je suis resté à genoux, les mains sur la tête, à bredouiller qu'on m'avait déjà volé mon passeport, ma carte bancaire et mes trois cents dollars de secours...

Guillaume Berger est né en Nouvelle-Calédonie en 1984. À 23 ans, il s'installe dans un village d'Argentine où il écrit ses deux premiers romans, L'exil est mon royaume *et* Les enfants de salauds tiendront leur bière en enfer. *Son troisième roman,* Basuco, *est directement inspiré de son parcours en Amérique du sud.*

Clara revient à Nouméa, dans son île natale, après vingt ans d'absence. Un départ alors radical dont elle a toujours tu la raison.

Son père vient de mourir. Seule héritière encore en vie, Clara doit s'occuper de nettoyer, vider et vendre la maison de famille que ses fantômes continuent de hanter.

Pour se réconcilier avec la meilleure part d'elle-même, elle devra trouver le courage de les affronter.

Un roman lumineux et poignant par l'auteur par l'auteur du bestseller Caledoniens — Lignes de vie d'un peuple.

Nouméa,
Casablanca,
Beyrouth...

Des destins se croisent et se bousculent sans qu'on puisse décider s'ils échouent ou s'accomplissent.

Mais peut-être n'est-ce pas ce qui importe. Les cœurs battent, après tout.

À savourer debout ou assis, sur la plage, en voyage ou dans votre lit, voici un délicieux florilège de cent récits très courts, composé par cinq auteurs de Nouvelle-Calédonie.

Ironiques, tendres, cruels, fantastiques, drôles ou acides, ils vous invitent à regarder autrement cette île que l'on dit « la plus proche du Paradis ».

Dans un geste hautement symbolique, le 5 mai 2018, le président Emmanuel Macron a remis au gouvernement calédonien les deux actes originaux des prises de possession de la Nouvelle-Calédonie et de l'Île des Pins.

Mais dans quelles circonstances ces documents ont-ils été établis et signés ?

Comment l'expédition a-t-elle été organisée et vécue à bord du navire *le Phoque* ?

Dans ce texte de 1892, Albert de Salinis nous présente les témoignages croisés du commandant Candeau, chef d'état-major, et du comte de Marcé, aide de camp de l'amiral Fébvrier des Pointes, deux participants de l'aventure qui changea à jamais le destin de la Nouvelle-Calédonie.